Gulliver Taschenbuch 796

Für Esther
zu Davids 16.
von Karin und Papa

Lee Hadley und *Ann Irwin*, beide Dozentinnen für Englisch an der Iowa State University, USA, schrieben ihre Bücher im Team. Im Programm Beltz & Gelberg erschien von dem Autorenpaar auch *Liebste Abby* (Auswahlliste zum Deutschen Jugendliteraturpreis). Beide Autorinnen leben nicht mehr.

Hadley Irwin

Sarah mit H

Roman

Aus dem Amerikanischen
von Hans Schumacher

BELTZ
& Gelberg

Im Andenken an Lee Hadley,
die die Wörter liebte

Gulliver Taschenbuch 796

Programm Beltz & Gelberg, Weinheim

Die Originalausgabe erschien u.d.T. *Sarah with an H*
bei Simon & Schuster Children's Publishing Division, New York
Lektorat Susanne Härtel
Reihenkonzeption und Einband von Max Bartholl

Gesamtherstellung Druckhaus Beltz, 69494 Hemsbach
Printed in Germany
ISBN 3 407 78796 0
1 2 3 4 5   03 02 01 00 99

Prolog

Ich war in einem Traum gefangen, wach genug, um zu wissen, dass ich träumte, und verschlafen genug, um wissen zu wollen, was als Nächstes passierte. Ich hörte, wie die Krähen, die ihre Schlafplätze in den Bäumen vor meinem Zimmer bezogen hatten, wach wurden und anfingen, mit ihrem unaufhörlichen Gekrächze den heraufdämmernden Morgen zu begrüßen. Ich hörte das Rascheln ihrer Flügel und das Rauschen der Blätter, als sie sich zu hunderten in den Himmel erhoben, um auf der Suche nach Futter zu den wenige Kilometer von der Stadt entfernten Feldern zu fliegen. Ihre rauen Schreie und das Schlagen ihrer Flügel verwandelte sich in das Geräusch meiner Joggingschuhe, während ich den Downer's Hill hinaufrannte.

In meinem Traum war ich wieder in der Highschool und rannte wie jeden Morgen von unserem Haus am Ufer des Lake Ulmer über die Main Street hinweg zum Hill House hinauf. Hätte ich mir das ideale Zuhause aussuchen dürfen, ich hätte mich für dieses Haus mit seinen verblichenen roten Backsteinen und den in der Morgensonne weiß glänzenden Säulen entschieden, dessen Silhouette als letzte in der Abenddämmerung verschwand.

Ich war verschlafen genug, um zu träumen, und wach genug, um zu wissen, dass ich auf keinen Fall noch einmal erleben wollte, was in dem Jahr geschah, als Sarah-mit-H in das Hill House einzog.

1

»Das ist mein Platz.« Sie hatte samtschwarze Haare, Augen in einer Farbe, wie ich sie mir immer gewünscht hatte, durchstochene Ohrläppchen und Kleider, die nicht aus einem Billigladen stammten.

»Oh, tut mir Leid.« Ihr Bedauern klang nicht sehr überzeugend.

In diesem Augenblick erschien Mrs Crawford, unsere Klassenlehrerin, mit ihrem Sitzplan und wies der Neuen mit einer Handbewegung den Tisch hinter mir zu.

»Du heißt Sarah?« Sie schaltete ihr Lächeln an und wieder ab.

»Ja, Sarah. Mit H Irvine.«

Das mit dem »H« war mir neu. Dass sich die Irvines in LaMond niedergelassen hatten, wusste hingegen jeder. Sie waren aus Chicago hierher gezogen und hatten auf der Main Street ein Haushaltswarengeschäft eröffnet: Handy Harry, das einzige Geschäft einer Ladenkette, das es je in LaMond gegeben hat.

Das Klassenzimmer füllte sich. Als es zum zweiten Mal läutete, stolzierte Muffie Barnes zur Tür herein, als hätte sie einen Gastauftritt in einer Fernsehshow. Ihre Shorts und ihr Top waren vermutlich neu und sie wollte sicher sein, dass alle es bemerkten. Muffie war meine Freundin. Ich mochte sie, nicht aber die Art, wie sie sich manchmal aufspielte. Und sie spielte sich oft auf. Wir kannten uns seit dem ersten Kindergartentag. Sie hatte sich meinen mohnroten Malstift ausgeliehen und wollte ihn nicht wieder hergeben. Stattdessen musste ich ihren zerbrochenen staubgrauen Stift nehmen. Wahrscheinlich hatte ich mich einfach an Muffie gewöhnt. Mit Freundinnen ist das wohl so.

Jedenfalls waren wir mit denselben Leuten zusammen und standen beide auf Basketball und das machte uns an der LaMond Highschool zu etwas Besonderem.

Nach der Anwesenheitskontrolle und einigen Ankündigungen aus dem Lautsprecher sagte Mrs Crawford, als übertrüge sie mir damit eine besondere Ehre: »Marti, würdest du Sarah bitte zu ihren Stunden begleiten und dafür sorgen, dass sie sich hier zurechtfindet? Ihr habt fast denselben Stundenplan.«

Ich sah zu Muffie rüber. Sie runzelte die Nase und rollte mit den Augen.

»Machst du das, Marti?«

»Okay.« Ich ließ mich auf meinen Stuhl fallen. Ich

spürte die Augen der Neuen in meinem Nacken, als versuchte sie das Etikett innen in meinem Hemd zu lesen. Ich griff nach hinten und stopfte es weiter hinein. Mom hatte das Hemd vom Sonderangebotsständer eines Billigladens in Boyer. Ich schaute noch einmal zu Muffie rüber. Sie grinste. Dasselbe Grinsen hatte sie immer drauf, wenn sie beim Basketballtraining so tat, als hätte ich sie gefoult, auch wenn ich sie nicht einmal berührt hatte, und die Trainerin mich dafür ermahnte.

»Warum ich?«, sagte ich in Lippensprache. »Du kommst auch mit.«

»Kann nicht.«

»Warum nicht?«

»Weil.«

»Weil was?«

»Weil eben.«

Ich gab's auf. Von Muffie war nie eine klare Antwort zu bekommen, ihre Argumente drehten sich immer im Kreis.

Sarah-mit-H folgte mir auf den Gang.

»Wo müssen wir zuerst hin?« Ihre Art zu sprechen war irgendwie anders, aber es waren nicht die Wörter, die sie benutzte, mehr die Art, wie sie sie sagte.

»Mr Hawleys Klassenzimmer. Geschichte«, sagte ich und versuchte, die Schüler zu ignorieren, die uns nachstarrten, während ich den Gang hinuntereilte.

»Amerikanische Geschichte?« Sie machte einen zusätzlichen Schritt, um mich einzuholen.

»Geschichte von Iowa.«

»Gehört Iowa nicht zu Amerika?« Es klang, als machte sie sich über mich lustig.

»Das hab ich nicht gemeint. Wir sollen uns zwei Wochen mit ›unserem Erbe‹ beschäftigen, wie Hawley es nennt. Und wenn wir schon mal auf dieser Wellenlänge sind, sagt er, sollen wir gleich einen Aufsatz über irgendein denkwürdiges Ereignis aus der Geschichte LaMonds schreiben, das mitgeholfen hat, uns zu dem zu machen, was wir heute sind.«

Als wir Hawleys Klassenzimmer erreicht hatten, sagte sie: »Hast du schon mal darüber nachgedacht, was ›auf derselben Wellenlänge sein‹ eigentlich bedeutet? Klingt, als würde Hawley eine Radiostation betreiben.«

»In LaMond gibt's keine Radiostation.«

»Warum sagt er dann so was?«

»Weiß ich nicht.«

»Ich glaube«, – sie legte die Stirn in Falten, als müsste sie wirklich nachdenken –, »Leute benutzen solche Wörter, damit ihre Sätze länger werden, als sie eigentlich sein müssen.«

Ich gab keine Antwort, denn als wir das Klassenzimmer betraten, verebbte das Geplapper. Ich begleitete

Sarah zu Hawleys Pult und sagte: »Das ist Sarah-mit-H Irvine«, dann ließ ich sie stehen.

Ich klatschte mein Ringbuch auf den Tisch und holte meinen Stift heraus. Hawley setzte Sarah an einen Tisch hinten im Raum. So konnte sie wenigstens nicht die Etiketten in meinen Sachen lesen.

»Wie ich bereits zu Beginn dieses Halbjahrs erklärt habe«, begann Hawley, »kommt es mir bei dieser Aufgabe auf eine sorgfältige Recherche und eine kreative Behandlung des früheren oder heutigen ethno-kulturellen Umfeldes von LaMond an.«

»Ich verstehe nicht, was ›ethno-kulturelles Umfeld‹ heißt«, sagte Muffie in diesem arroganten Tonfall, den sie Lehrern gegenüber immer drauf hat.

Das war das richtige Stichwort für Hawley: »›Ethno‹ oder ›ethnisch‹, wenn du diese Form bevorzugst, hat mit den Angehörigen einer kulturellen Gruppe zu tun, mit Menschen also, die von ihrer Religion, ihrer Stammeszugehörigkeit, ihrem linguistischen – das heißt sprachlich, Muffie – Erbe her gesehen als zusammengehörig betrachtet werden. Oder die einen gemeinsamen nationalen oder kulturellen Hintergrund haben. Ihr könntet zum Beispiel versuchen, die Menschen in LaMond zu charakterisieren und herauszuarbeiten, wie ihre Kultur euch – oder eine historische Figur der Stadt – beeinflusst hat. Die Möglichkeiten sind endlos.«

Hawleys Erklärungen nahmen den Rest der Stunde in Anspruch. Einmal schaute ich über die Schulter zu Sarah zurück. Sie sah mich an. Als sich unsere Augen trafen, lächelte sie, als würden wir uns schon ewig kennen und wären Freundinnen. Ich spürte, wie meine Mundwinkel anfingen, sich zu einem Grinsen zu verziehen, und wandte mich ab. Nicht, dass ich sie nicht mochte, ich kannte sie ja überhaupt nicht, aber ich wollte mich auf keinen Fall in eine Blitzfreundschaft hineinziehen lassen, nur weil sie neu in der Stadt war.

Dass ich nicht zurückgelächelt hatte, machte offenbar nichts, denn sie sprach noch mit mir, als wir uns auf den Weg zur nächsten Stunde machten. Wir mussten nur drei Zimmer weiter, brauchten uns also nicht zu beeilen.

»Redet der immer so viel?«, fragte sie.

»Nur wenn man ihm eine Frage stellt«, sagte ich.

»Weißt du schon, über was du schreibst?«

»Noch nicht. Ich werd's mir wohl am Sonntag überlegen. Als Nächstes haben wir Englisch bei Miss Hansen, das ist um einiges besser – und um einiges schwerer.«

»Toll!« Sarah klang richtig aufgeregt. »Ich mag Englisch.«

Ich überlegte, ob ich ihr sagen sollte, dass es an der LaMond Highschool absolut out war, irgendwas zu mögen, was mit Schule zu tun hat, aber dann dachte ich, soll sie's doch selber rausfinden. Als ich ihr gerade vorschlagen wollte, schon mal in die Klasse zu gehen, weil man sich auf dem Weg durch die Tür wohl kaum verlaufen kann, kam Jason den Flur heruntergeschlendert, zwei Schritte hinter ihm Chaz.

»Hi, Marti«, sagte Jason. Nach einem kurzen Blick auf mich konzentrierte er sich ganz auf Sarah.

Jason war ein echter Supertyp, groß, blond, mit einem tollen Körper, der die Mädchen scharenweise zu den Footballspielen lockte. Er brachte Spitzenleistungen in allen Sportarten, die an der LaMond High angeboten wurden, war zweimal zum *Sportler des Jahres* gewählt worden und Vorsitzender der Schülermitverwaltung. Muffie fing regelrecht an zu sabbern, wenn sie ihn sah. Sie war nicht die einzige.

Chaz hingegen war nicht direkt hässlich, aber auch nicht weit davon entfernt. Er sah aus wie ein unterernährter Waschbär, war der hellste Kopf an der ganzen Schule, hatte aber glatte Haare von undefinierbarer Farbe, abstehende Ohren und einen Adamsapfel, der sich beim Sprechen bewegte.

Ich übernahm automatisch die Rolle der offiziellen Betreuerin und sagte: »Das ist Sarah-mit-H.«

»Na, so was«, sagte Jason und grinste auf sie hinunter. »Zufälligerweise heiß ich genauso.«

Ich stöhnte. Jason tat wirklich alles, um bei Mädchen

Eindruck zu schinden. Sarah machte ein verwirrtes Gesicht. Ich zuckte mit den Schultern, sie hatte den Witz wohl nicht verstanden.

Chaz schaltete sich ein. »Hör gar nicht hin, in Wirklichkeit heißt er Jason-mit-S und ich heiße Chaz-mit-Z.«

»Ihr klingt wie 'ne Buchstabensuppe.« Das sollte witzig sein, leider hörte es keiner. Jason stand da, als hätte er einen Fototermin, Chaz sah aus, als wäre er einem lebendig gewordenen Traum begegnet, und Sarah lächelte beide an. Ihre Zähne waren perfekt wie alles an ihr.

»Wisst ihr was ...«, begann Jason und berührte Sarahs Arm. Was er sagen wollte, ging aber im Schrillen der Schulglocke unter.

»Komm jetzt«, sagte ich. »Zu Hansens Unterricht kommt man nicht zu spät. Nie!« Ich schob sie zum Lehrerpult, dann ließ ich mich auf meinen Platz fallen. Ich wollte nicht schon wieder erklären müssen, wie man Sarah schreibt, und dachte darüber nach, wie ich es verhindern konnte, mich mit ihr in der Cafeteria durch die Schlange vor der Theke zu quälen.

»Okay«, sagte ich, als die Stunde vorbei war. »Jetzt geht's in die Niederungen. Biologie bei Froschgesicht Phelps.«

Sarah zog ihren Stundenplan heraus und studierte ihn. »Nein, schau mal.«

Ich schaute, allerdings nicht auf den Plan, sondern auf ihre Fingernägel. Auch sie perfekt, nicht abgekaut und abgerissen wie meine. Ich konzentrierte mich auf den Plan. »Chemie! Wieso hast du Chemie? Chemie gibt's erst in der Oberstufe. Dein Stundenplan stimmt nicht.«

»Ich glaube doch, Marti.« Sie sah mich entschuldigend von der Seite an. »Im letzten Jahr habe ich zwei naturwissenschaftliche Fächer belegt, eins davon war Biologie. Kannst du mir sagen, wo ich jetzt hin muss?«

Mir fiel mindestens eine gute Antwort ein, aber ich hielt den Mund. Stattdessen deutete ich auf Jason und Chaz, die am Ende des Flurs standen. »Geh einfach hinter den beiden her«, sagte ich, dann drehte ich mich in die andere Richtung und ging weg, ohne mich noch einmal umzusehen.

Biologie dauerte wie üblich länger, weil Phelps immer noch irgendetwas einfiel, was man über Frösche oder Würmer sagen konnte oder was wir sonst gerade an ekelhaftem Zeug aufschnitten. Bestimmt hatte er die Stunde absichtlich direkt vor die Mittagspause gelegt.

»Ich hab dir einen Platz freigehalten«, rief Muffie, als ich in die Cafeteria kam. »Was denkst du?«

»Worüber?« Muffie begann Unterhaltungen immer, bevor sie ihr Gehirn einschaltete.

»Über sie! Du weißt schon, Sarah-mit-H.«

»Ich denke, sie ist okay. Wir haben nicht viel miteinander geredet.«

»Ich mag sie nicht.«

Ich trank einen Schluck Orangensaft und machte meine Chipstüte auf. »Warum nicht?«

»Sie tut so eingebildet. Ich hab sie gefragt, ob sie sich zu uns setzen will, aber …« Muffie sah sich in der Cafeteria um. »Hast du gemerkt, wie sie in Hansens Stunden nicht nur alle Antworten wusste, sondern auch schon die Fragen wusste, bevor Hansen sie überhaupt gestellt hatte?«

»Ich wette, ihre Sachen kommen von Marshall Field.« Cindy schaltete sich ein. Sie war das älteste Mitglied unseres Basketballteams, den Tigerettes. Cindy erzählte allen, die es hören wollten oder auch nicht, dass sie auf dem College als Hauptfach Haute Couture belegen wollte. Ich hielt sie nicht einmal für intelligent genug, Haute Couture richtig zu schreiben, geschweige denn es als Hauptfach zu studieren.

»Ich hab gehört, sie hätten massenhaft Geld. Stimmt das, Muffie?« Angie spielte wohl wieder Sekundantin, jedenfalls wusste ich bei ihr nie genau, ob sie Muffie nicht einfach nur Stichworte liefern wollte.

»Ob sie reich sind, weiß ich nicht.« Muffie beugte sich vor und senkte die Stimme. »Auf jeden Fall sind sie wohlhabend. Sie haben für den Umbau von Hill House bei meinem Dad keinen Penny aufgenommen.« Es war nicht einfach zu vergessen, dass Muffies Vater die Bank der Stadt gehörte. Sie wandte sich wieder mir zu. »Was hat sie gesagt? Über was hat sie geredet?«

Ich versuchte mich zu erinnern. »Sie hat so eine Art Chicago-Akzent und sie hat Biologie schon hinter sich und macht jetzt Chemie.«

»Merkwürdig.« Angie runzelte die Stirn.

»Das wird ihr noch Leid tun«, meinte Cindy. »Ich hätt's im letzten Semester fast nicht geschafft.«

»Meint ihr, sie spielt Basketball?« Liz Fisher benutzte ihren Mund schließlich doch noch für was anderes, als Essen hineinzustopfen. »Ich meine, jetzt wo Cindy ihren Abschluss macht, sind wir in der Defensive ziemlich dünn besetzt.«

Alle nickten. Liz' Bewegungsablauf war nicht unbedingt das, was man anmutig nennen könnte, aber sie nahm unter dem Korb eine Menge Platz ein. Man brauchte mindestens drei gute Dribblings, um an ihr vorbeizukommen. »Hast du sie gefragt, Mart?«

Liz war die Einzige, die mich so nannte. Ich hasste das, hatte es ihr aber noch nie gesagt. Liz war beim Training meine Gegenspielerin und sie konnte einem sehr wehtun, wenn sie sauer war.

»Montag, Liz, ich frag sie am Montag. Ich glaub allerdings nicht, dass sie viel Sport macht. Ihre Fingernägel sind perfekt.«

»Maniküre!«, sagte Cindy triumphierend. »Wer seine Kleidung bei Marshall Field kauft, geht natürlich auch zur Maniküre.«

Ich machte es wie Muffie und ließ meine Augen herumwandern. »Ich frag mich, warum sie nicht aufgetaucht ist. Vielleicht ist sie zum Essen nach Hause gegangen.«

Alle lachten. Wer zum Essen nach Hause ging, war entweder ein Loser oder noch in der Unterstufe. Einige aus der Oberstufe fuhren zum Sail-Inn Truck Stop – wenn sie Geld und ein Auto hatten.

Liz schaute von ihrem leeren Teller auf. »Jedenfalls ist sie mit Jason und Chaz zusammen. Ich hab gesehen, wie sie zu dritt das Schulgebäude verlassen haben.«

Ich versuchte zu schlucken, aber der Chip blieb mir im Hals stecken. Keiner sagte etwas. Liz schaute Angie an, und Angie warf Muffie von der Seite einen Blick zu. Muffie knallte ihre Pepsiflasche auf den Tisch. »Die hat vielleicht Nerven! Wenn sie meint, sie kann sich da reinhängen« – Muffie warf einen Blick in die Runde, als wollte sie Stimmen sammeln –, »dann sollte diese JAP lieber noch mal gut nachdenken.«

»JAP?« Liz kreischte fast. »Ich dachte, sie wär Jüdin.«

»Das ist ein Akumen.«

»Ein was?« Liz' Mund blieb mitten im Kauen stehen.

»Das ist was, wo jeder Buchstabe für ein Wort steht. JAP steht für ›jüdische amerikanische Prinzessin‹ …« Muffie betonte jedes einzelne Wort, als würde sie aus einer Fremdsprache übersetzen.

»Das heißt Akronym«, versuchte ich Muffie zu korrigieren, aber die anderen standen schon auf und fingen an, die Cafeteria zu verlassen.

Ich blieb noch eine Zeit lang allein sitzen. Ich mochte das Gefühl nicht, dass das Wort »jüdisch« in mir geweckt hatte. So eine Art Misstrauen. Es machte Sarah anders, so als würde sie nicht zu uns gehören, als würde sie alles an sich reißen wollen, wenn sie nur die Chance dazu bekäme. Andererseits hatte mich niemand in ein Weltverbesserungs-Komitee gewählt, also knüllte ich meine Chipstüte zusammen und versenkte sie mit einem Einhandwurf im Abfalleimer.

Nach der Mittagspause hingen wir meistens noch in der Nähe von Muffies Spind herum – weil er auf dem Weg zu den Spinden der Jungen lag.

»Wenn man will, dass sie einen beachten, muss man dort sein, wo sie sind«, hatte Muffie mal erklärt. Sie hatte so eine Art, einen mit halb geschlossenen Augen anzusehen und schaffte es, dass man dann alles glaubte, was sie sagte.

An diesem Tag standen wir rum und warteten bis zur allerletzten Minute, bevor wir uns auf den Weg zur nächsten Stunde machten. Die Flure leerten sich. Als ich mir gerade dazu gratulieren wollte, dass mein Begleitdienst wohl zu Ende war, kam Sarah-mit-H mit großen Schritten den Flur herunter – zwischen einem grinsenden Jason und einem lässigen Chaz.

Die beiden Typen verschwanden ohne ein Wort um die Ecke, während Muffie und Liz in der entgegengesetzten Richtung den Flur hinunter gingen. Cindy und die anderen schwebten davon, als hätte sie ein plötzlicher Windstoß weggeweht.

»Wo gehen wir als Nächstes hin?« Ihr »wir« klang in meinem Ohr nach.

»Wir haben eine Freistunde. Ich zeig dir die Bibliothek.«

Ich ließ sie dort allein und machte mich auf den Weg zum Aufenthaltsraum. Die Sporthalle für die nächste Stunde würde sie ja wohl ohne fremde Hilfe finden.

Nach der Schule hakte sich Muffie bei mir ein und wir verließen schnell das Schulgebäude, bevor Sarah auftauchte. Nicht sehr nett, aber schließlich war sie keine von uns und ich schuldete ihr nichts.

An der Ecke zu Muffies Straße sagte Muffie: »Komm mit zu mir. Wir können ein paar Körbe werfen oder Eins gegen Eins spielen.«

»Ich muss noch diesen blöden Aufsatz für Hawley schreiben.«

»Meiner ist fertig.« Sie fuhr sich durch die Haare. »Ich muss ihn nur noch ausdrucken.«

»Worüber hast du geschrieben?«

»Mädchen-Basketball an der LaMond High in den Zwanzigerjahren. Meine Urgroßmutter hat in der Mannschaft gespielt. Weil's nicht viel zu schreiben gab, hab ich die Siege über die Jahre aufgeführt. Damit's acht Seiten wurden, musste ich allerdings die Niederlagen dazunehmen.«

Ich hätte nach Hause gehen und meinen Aufsatz anfangen sollen, aber nachdem ich Sarah den ganzen Tag herumgeführt hatte, wollte ich mein »ethno-kulturelles Umfeld«, meine Noten, meine Hausaufgaben und die Schule im Allgemeinen vergessen.

»Warum nicht?«, sagte ich.

Als wir die Auffahrt zu Muffies Haus hinaufgingen, packte Muffie mich plötzlich am Arm. »Da kommt Sarah-mit-H. Guck nicht hin, tu so, als würdest du sie nicht sehen.« Sie trabte zum Haus.

Ich folgte ihr ein paar Schritte, dann zwang mich irgendetwas, mich umzudrehen, vielleicht war es ein Schuldgefühl. Ich winkte Sarah zu und sagte das Erste, was mir in den Sinn kam: »Wie war denn dein Tag noch so?«

Ich spürte, wie mein Hals rot anlief. Weil ich nicht sicher war, was schlimmer war, sie zu ignorieren oder so zu tun, als würde mich ihr Schultag interessieren, plapperte ich einfach weiter: »Wir wollen ein paar Körbe werfen. Machst du mit?«

»Klar, hört sich gut an.«

Muffie kam dribbelnd um die Ecke und blieb abrupt stehen. »Hi, spielst du auch Basketball? Fang!« Muffie gab den Ball mit einem Brustpass an Sarah weiter. Eins musste man ihr lassen, ihr Ballhandling war gut.

Und dann bekamen wir die Situation nur noch aus dem Augenwinkel mit. Sarah fing den Ball, dribbelte Muffie aus, noch ehe sie eine Bewegung machen konnte und versenkte einen hook-shoot über die Schulter hinweg.

»Ich nehme an, du hast schon mal gespielt«, sagte ich idiotischerweise.

»Ein bisschen.«

Sie grinste und passte den Ball zu Muffie, die sich immer noch nicht bewegt hatte.

»Willst du dich im nächsten Herbst für das Team bewerben?« Muffies Stimme klang, als gehörte sie gar nicht zu ihr.

»Komm schon«, sagte ich. »Spiel ab, wir können abwechselnd Zwei gegen Eins spielen.«

Sarah schob sich zwischen mich und den Korb. Dass

sie schon mal »ein bisschen« gespielt hatte, war nicht zu übersehen! Sie fixierte den Ball mit den Augen und blockte meine ersten beiden Würfe ab, ohne mich zu foulen.

Sarah war im Angriff fast so gut wie in der Abwehr, zögerte aber manchmal vor dem Korbwurf. Muffie und ich nutzten das und konnten den Ball wegschlagen.

In einem Sechser-Team, in dem sie nur in der Abwehr spielen musste, war Muffie nicht schlecht. Aber im nächsten Jahr, bei fünf Mädchen pro Team, musste sie vorn und hinten spielen und sowohl Körbe werfen als auch mit den Armen herumfuchteln, da würde sie sich schwer tun.

Eine Stunde später hörten wir auf.

»Ich muss los«, sagte Sarah und versenkte einen Dreipunktewurf vom äußersten Ende der Auffahrt. »Hat Spaß gemacht.«

Ihre Kondition war super, sie war nicht mal außer Atem. »Ihr beiden seid wirklich gut, ihr spielt sicher schon seit ewigen Zeiten.«

»Seit der Grundschule«, sagte ich. »Mom hat mich dazu gebracht. Sie hat selbst gespielt, als sie auf der La-Mond High war.«

»Marti ist eine der besten Torschützinnen im Staat. Nach dem nächsten Schuljahr kann sie sich das College aussuchen, das ihr ein Stipendium geben soll.« Muffie klemmte sich den Ball unter einen Arm. »Habt ihr an eurer Schule mit Sechser-Teams gespielt?«

»Mit Fünfer«, sagte Sarah. »Ich hab im Juniorinnen-Team der Uni gespielt. Ich hatte Glück. Es gab eine Menge Konkurrenz, und ich gehör nicht zu den Naturtalenten, sondern muss hart arbeiten. Gute Noten fallen mir leichter als Basketball.«

Muffie und ich sahen uns an. Muffie musste für die C's büffeln, die ihrer Meinung nach für ihre Pläne nach der Highschool – sie wollte zur Fernsehwettervorhersage – reichten. Ich musste mich für die A's und B's, die mir sehr helfen würden, ein College-Stipendium zu ergattern, ziemlich abstrampeln.

»Willst du versuchen, in das Team zu kommen?«, fragte Muffie noch einmal.

»Vielleicht. Die Trainerin hat mich heute nach dem Sport darauf angesprochen.«

»Hast du schon von dem Basketball-Camp gehört?«, fragte ich.

Muffies Blick hätte eine Distel verdorren lassen können.

»Das Camp ist wirklich wichtig, wenn du dich für das Team qualifizieren willst«, plapperte ich weiter. »Es findet hier in LaMond statt und fängt im August an, nach dem Sommerfest. Die Mädchen kommen von überall aus ganz Iowa.«

Sarah machte ein paar Schritte, dann drehte sie sich halb zu uns um. »Coach Carlson hat mich heute eingeladen. Ich hab ihr gesagt, dass ich drüber nachdenke. Wenn man euch so hört, klingt das echt gut. Ich glaub, ich trag mich ein. Danke, dass du's mir gesagt hast, Marti.«

Muffie schaute Sarah nach, bis sie die Straße zum Hill House hinaufging. »Ich kann nur hoffen, dass sie keine Defensivspielerin ist. Warum musstest du ihr nur das mit dem Camp sagen? Sie ist sowieso schon zu gut.«

Ich wandte mich zum Gehen. »Keine Ahnung«, sagte ich. »Ich wollte einfach nur Konversation machen.«

Aber das war es nicht. Vielleicht hatte ich es gesagt, weil ich dachte, es sei ohnehin bereits zu spät, um noch reinzukommen. Ob das der Grund war? Die Fragen, die man sich selbst stellt, sind manchmal am schwersten zu beantworten.

Ich machte mich auf den Heimweg. Unsere Stadt begann mit Sarahs Hill House auf dem Downer's Hill und endete mit unserem Häuschen, das sich in eine abgelegene Bucht des Lake Ulmer duckte.

Ich hatte mich immer gefragt, warum Cyrus La-Mond, als er die Stadt gründete, sein Haus auf dem Hügel gebaut hatte, statt unten am See, wo er Riesentafelenten, Kanadagänse und Pelikane hätte beobachten können, die im Frühling auf dem Weg nach Norden und dann wieder im Herbst auf dem Weg nach Süden hier einfielen.

In diesem Moment wusste ich plötzlich ein Thema für meinen Aufsatz. Ich würde über Cyrus LaMond schreiben, wie er die Stadt gegründet und den Auftrag gegeben hatte, die Ziegel für sein Haus auf vierspännigen Pferdewagen von Mortonville herüberbringen zu lassen. Manchmal hat man die besten Ideen, wenn man nicht nachdenkt. Liegt vielleicht daran, dass der Rest des Körpers mit Gehen beschäftigt ist, während der Kopf einfach mitgetragen wird, ohne sich über irgendetwas Sorgen machen zu müssen.

Mom war zu Hause, kochte aber nicht. Sie hatte ihre Schuhe weggekickt und saß mit ihrem kleinen Seemannshütchen und ihrem Plastiknamensschild – Teil ihrer Uniform im Sail-Inn Truck Stop – am Küchentisch. »Verda ist krank, ich muss ihre Schicht übernehmen. Du wirst mir helfen müssen, es ist aber bestimmt nicht allzu viel los. Vielleicht macht Barney auch früh Schluss.«

Ich war im Sail-Inn praktisch groß geworden. Seit der Junior High hatte ich geholfen, die Tische und die Theke abzuräumen. »Muss ich?«

»Nein, aber ...« Sie schien einen Mittagsschlaf nötiger zu haben als eine zweite Schicht.

»Also gut, aber muss ich dieses blöde Seemannshütchen tragen?«

»Nein, musst du nicht. Gab's etwas Neues in der Schule?«

Ich bezweifle, dass Sarah der Gedanke, »etwas« zu sein, gefallen hätte, aber neu war sie definitiv. »Die Tochter von den Irvines ist gekommen. Sie heißt Sarah-mit-H und ist in meinem Jahrgang.«

»Und, wie ist sie so?« Mom zwängte ihre Füße wieder in die Schuhe.

»Sie ist … irgendwie anders, aber ganz in Ordnung, glaube ich. Sie spielt Basketball. Wo sie herkommt, haben sie in Fünfer-Teams gespielt.«

»Gut.« Mom stand auf und strich sich den Rock glatt. »Coach Carlson dürfte sich freuen, wenn sie sich für Basketball entscheidet. Komm, wir müssen los!«

Mom setzte rückwärts aus der Einfahrt und steuerte in Richtung Main Street. Sie nannte unser altes Chevrolet »Silas«, weil es, wie sie meinte, zu katatonischen Anfällen neigte und gelegentlich mitten im Verkehr stehen blieb. Mom sagte, sie habe es nach dem Buch »Silas Marner« benannt, das sie in der Highschool gelesen hatte. Ich musste das Buch sogar lesen, damit ich wusste, was sie meinte. Es gefiel mir nicht, aber Mom meinte, das Buch sei ein Klassiker, und wenn Kinder sich nicht mit Literatur wie dieser beschäftigten, gäbe es eines Tages vielleicht keine Bücher mehr. Ich glaube, wenn man Mom die Möglichkeit dazu geben würde, dann würde sie das komplette Schulsystem umkrempeln, die Regierung umorganisieren und der ganzen Welt eine neue Struktur verpassen.

Als wir zur Tür reinkamen, riss Barney sich die Schürze ab. Heute war sein Bowling-Abend in Maple Grove, also mussten Mom und ich das Sail-Inn allein übernehmen.

An der Theke standen Bud Newby und seine Zimmerleute. Bud hatte seit seiner Kindheit mit seinem Vater zusammen Maistrockengestelle gebaut. Als keine mehr gebraucht wurden, hatte er auf den Bau und Umbau von Häusern umgesattelt. Wahrscheinlich sahen seine Häuser deswegen aus wie Maistrockengestelle. Eins musste man ihm allerdings lassen: Seine Werke mochten nicht besonders schön sein, dafür waren sie solide zusammengehämmert und für die Ewigkeit gebaut. Mom nannte ihn LaMonds Pseudo-Frank-Lloyd-Wright.

Mom schnappte sich die Kaffeekanne und fing an, den Männern Kaffee nachzugießen. Im Sail-Inn war heute »Kaffee-Endlos-Abend«. Ich fing an, das schmutzige Geschirr von der Theke zu räumen und die Ketchupflecken und verschmierten Senfkleckse wegzuwischen.

»Nehmt nur mal Hill House«, sagte Bud, während er Zucker in seinen Kaffee löffelte. »Wer hätt gedacht, dass die Säulen von Termiten zerfressen sind? Das ganze verdammte Haus hat sich gesenkt. Wenn du da 'ne Murmel über den Boden rollen lässt, bleibt sie erst an der Südwand wieder liegen. Und dann besteht doch dieser Irvine drauf, dass das Dach mit Schindeln gedeckt wird. Mit echten Schindeln, wohlgemerkt! Wo doch jeder Depp weiß, dass Schindeln in LaMond nicht halten. Hat was mit dem See zu tun. Sie schrumpfen im Sommer und reißen im Winter. Aber wir haben sie ihm draufgemacht. Gibt nichts Schlimmeres für die Knie, als Schindeln zu verlegen.«

»Hat ihn außerdem 'ne schöne Stange Geld gekostet, das Dach.« Ich hatte gar nicht mitbekommen, dass Muffies Dad neben Bud Newby saß. »Da wir gerade von Häusern sprechen, Bud – hat's schon Reaktionen auf unser Erschließungsprojekt am Südufer gegeben?«

»Nur die von Elva Beals.« Bud rührte nachdenklich in seinem Kaffee. »Sie hockt in der Heimstatt und schreibt Protestbriefe an jeden, den sie kennt. Auch an die Zeitungen! Hab gehört, dass sie die Naturschutzbehörde gegen uns aufgestachelt hat, weil wir das Seeufer übernehmen und die Straße landeinwärts verlegen wollen.«

»Elva war so lange Bibliothekarin in LaMond, dass

sie sich für die Bürgermeisterin hält«, sagte Muffies Vater. »Sie hat ihre Nase schon immer in alles reingesteckt und sie wird uns bestimmt noch Ärger machen, weil wir den Anglern den Zugang zum See wegnehmen, aber sie wird nicht viel ausrichten können.«

»Na ja.« Bud schlürfte seinen Kaffee. »Ich fänd's überhaupt nicht gut, wenn der Verdienst an den vielen neuen Häusern, die da hochgezogen werden sollen, den Bach runterginge. Die Anteile sind alle verkauft, oder?«

»Bis auf zwei, und die kriegen wir auch noch los. Vielleicht hat dieser Irvine Interesse.« Mr Barnes starrte in seine Kaffeetasse. »Wir haben allerdings noch ein bisschen Schwierigkeiten, die Baugenehmigung zu bekommen. Ich hab einen Rechtsanwalt drauf angesetzt und nehme an, dass die Sache so gut wie gelaufen ist.«

»Wir müssten da draußen mindestens zehn neue Häuser genehmigt bekommen.« Bud schaute zur Decke und schien in Gedanken bereits Parzellen abzustecken und mit seinen Maistrockengestell-Walmdachhäusern zu füllen. »Halt mich auf dem Laufenden, Mann.«

Er stand auf, zog sich die Jeans hoch und schlug einem aus seiner Kolonne auf die Schultern. »Komm, Junge, wir knobeln um die Rechnung.«

Der »Junge« sah älter aus als Bud. »Warum nicht.«

Der Junge verlor. Bud ging zur Kasse und klatschte die Rechnung vor Mom auf die Theke. »Hallo, Hübsche, heute zahlt der Junge.«

»Danke, Bud«, sagte Mom, ohne aufzusehen.

Sie hatte mal zu mir gesagt: »Das Schlimme an Bud Newby ist, dass er so widerlich ist, ohne es zu wissen. Der kann nicht mal Fehler richtig machen.«

Moms Hoffnung, früh schließen zu können, löste sich langsam in Wohlgefallen auf, denn Mr Barnes blieb allein vor seiner Kaffeetasse sitzen. Mom füllte sie immer wieder auf, was er jedes Mal mit »Danke, Marge« quittierte. Als dann noch ein Fremder reinkam, war die Hoffnung endgültig dahin.

»Heute Überstunden, Mr Irvine?«, fragte Mom, als gehörte er zu den Stammgästen im Sail-Inn.

»Oh, ja. Wir haben eine Wagenladung neue Ware bekommen. Es gab eine Menge zu räumen und umzustellen.«

Mr Barnes schaute auf und deutete auf den leeren Stuhl neben sich. »Kommen Sie, Bob, setzen Sie sich zu mir. Hab gerade über ein kleines Geschäft nachgedacht, das Sie interessieren könnte.«

»Unser Angebot heute ist Obstkuchen – Apfel, Kirsche oder Zitrone –, außerdem ist Kaffee-Endlos-Abend.« Mom füllte ein Glas mit Wasser und griff sich das in eine Serviette eingerollte Besteck.

»Kein Kaffee für mich, Marge. Nur ein Glas Milch mit Apfelkuchen, bitte.«

Ich machte mich daran, die Nischen zu putzen. Das also war Sarah-mit-H's Dad. Er war groß, blond, blauäugig und sah aus, als wäre er gerade einem Männermoden-Katalog entstiegen. Mom flitzte herum, legte ein Stück Kuchen auf einen Teller und goss aus der Tüte aus dem Kühlschrank ein Glas Milch ein.

Nach einer weiteren Tasse Kaffee erhob sich Mr Barnes endlich. Ich hätte gern gewusst, ob er versucht hatte, Mr Irvine einen Anteil an der Lake-Ulmer-Erschließungsgesellschaft zu verkaufen. Er schob ein Zehncentstück unter seine Kaffeetasse, ging zur Kasse und bezahlte seine Rechnung mit einem »Gute Nacht, Marge«.

Mr Irvine ließ einen halben Dollar Trinkgeld liegen.

Bevor ich an diesem Abend zu Bett ging, schaute ich aus dem Fenster zum Hill House hinüber. Ich sah Licht im ersten Stock und fragte mich kurz, wie Sarah-mit-H wohl ihren ersten Schultag an der LaMond High gefunden hatte.

2

Am nächsten Morgen warf ich nach dem Frühstück eine Stunde lang Körbe. Das mache ich immer, außer es ist zu dunkel oder zu kalt, um den Ball zu fangen. Dann, als ich es nicht länger aufschieben konnte, machte ich mich auf den Weg zur Stadtbücherei. Hawley wollte einen Aufsatz mit Literaturverzeichnis, also war die Bücherei wohl der richtige Ort.

Ich hatte Glück, die Bücherei war ausnahmsweise leer. An den Wochenenden während des Schuljahres und fast jeden Tag im Sommer ist Marvias Bücherei gestopft voll mit Kindern, die wegen der Vorlesestunde oder der Lesen-ist-super-Projekte kommen. In der restlichen Zeit hocken überall Diskussionsgruppen oder Schreibklubs. Mir war unklar, wann sie die Zeit fand, die Bücher wieder an ihre Plätze zurückzustellen.

Am Eingang blieb ich, wie ich das oft tat, bei den Porzellanpuppen stehen – einer Sammlung alter Puppen in einem Glaskasten. In ihren Spitzen- oder Satinkleidern starrten sie einen mit ihren glänzenden Augen an, was mir als Kind Alpträume beschert hatte.

Die Puppe, die mir die größte Angst gemacht, mich aber auch am meisten fasziniert hatte – Bébé Jumeau –, stand ganz allein auf dem obersten Regalbrett. Ich muss vier oder fünf gewesen sein, als ich sie zum ersten Mal bei einer von Elva Beals Lesestunden gesehen hatte. Ich saß mit den anderen Kindern auf dem Boden, als die Puppe mit schrecklich ruckhaften Bewegungen auf mich zugelaufen kam, die fast, wenn auch nicht ganz, menschlich wirkten.

Sie hatte echte Haare und ihre Augen, ein unwirkliches Blau, bewegten sich im Takt mit ihrem Körper. Ihr Gesicht war weiß und glatt und ihr Mund stand offen, als wollte sie gerade etwas sagen. Heute weiß ich, dass Elva, die damals noch Bibliothekarin war, hinter der Puppe ging, den Gehmechanismus betätigte und an den Mama-Papa-Schnüren zog, die der Puppe ihre Stimme verliehen. Damals wusste ich nur, dass Bébé Jumeau vor mir stehen blieb, die Arme hob und mit rostiger, ungeübter Stimme »Mama, Mama, Mama« sagte.

Als Mom mich rettete, schrie ich immer noch.

Selbst jetzt, als ich zu Marvia rüberging, hatte ich das Gefühl, dass mir die Augen der Puppe folgten. Bevor ich noch den Mund aufmachen konnte, sagte Marvia: »Tut mir Leid, Marti, aber jedes Buch, das auch nur im

Entferntesten etwas mit der Geschichte von LaMond zu tun hat, ist ausgeliehen. Das letzte hat sich gestern Abend Sarah Irvine geholt.«

Das war nicht fair! Sie hatte doch erst gestern von dem Aufsatz erfahren und sich dann einfach ohne zu zögern sofort an die Arbeit gemacht. »Was soll ich denn jetzt tun? Es ist wichtig …«

Marvia lächelte und tätschelte meinen Arm. »Ich weiß nicht, was für ein Thema ihr habt, aber es gibt zwei Möglichkeiten: Entweder du hältst dich an die mündliche Überlieferung von Leuten, die sich an die Vergangenheit erinnern können, jemand wie Elva Beals, oder an alte Sachen wie Friedhof, Straßennamen und Gebäude. Benutz deine Phantasie.«

Ich benutzte meine Phantasie zuerst einmal dazu, Sarah-mit-H zu erwürgen. Dann entschied ich, dass ein Gang zum Friedhof mehr brachte. Mindestens eine Seite, wenn ich ins Detail ging vielleicht sogar zwei, konnte ich mit einer Beschreibung von Cyrus LaMonds Grab füllen. Danach könnte ich zur Heimstatt gehen und mit Elva sprechen.

Das Friedhofstor war wie üblich unverschlossen. Ich hatte mich sowieso immer gefragt, warum sich die Leute die Mühe gemacht hatten, einen Zaun mit Tor zu errichten. Wer würde schon von hier weggehen? Als Muffie und ich noch klein waren, hatten wir ein ausgeklügeltes

Spiel entwickelt, das darin bestand, lange Unterhaltungen mit einigen der hier begrabenen Menschen zu führen. Unser Lieblingsort war die Gruft der Smythes mit der Statue einer Dame aus poliertem weißen Marmor, die ihre Arme über die anderen Smythes ausbreitete. Allerdings hatte jemand eine Hand abgebrochen, so dass ihr Arm wie ein Baseballschläger aussah.

»Hallo Elroy«, sagte ich halb flüsternd zum nächstgelegenen Grab. »Ein toller Tag heute. Schade, dass du ihn nicht genießen kannst. Na, Enid, wie geht's?«

Dass keiner der Smythes antwortete, machte mir nichts aus.

»Hast du die gekannt, als sie noch lebten?«

Ich fuhr herum. Sarah stand da und beobachtete mich. Sie lachte mich zwar nicht aus, sah aber aus, als könnte sie es jeden Moment tun.

»Natürlich nicht. Aber ich nehme an, dass Leute auf einem Friedhof ein bisschen Ansprache gebrauchen können. Ich leiste also nur meinen Beitrag.« Ich versuchte sarkastisch zu klingen.

Sie nickte, als würde sie mich ernst nehmen, dann deutete sie auf die Statue. »Wer soll das sein?«

»Weiß ich nicht. Ich nenn sie ›Hoffnung‹, so wie auch der Friedhof heißt.«

Sarah stieg über Elroy und Enid hinweg, um die Statue aus der Nähe zu betrachten. »Ihre Augen sind leer.«

»Was soll sie sich auch schon ansehen?«, sagte ich. »Sie dürfte ziemlich einsam sein, als einzige Statue der Stadt.«

»Dann solltest du sie vielleicht ›Hoffnungslos‹ nennen.«

Es war zwar nicht sehr höflich, aber da ich neugierig war, fragte ich: »Warum bist du eigentlich hier?«,

»Wegen des Geschichtsaufsatzes. Ich schreibe über Cyrus LaMond, sein Grab ist hier … irgendwo.«

Mir fiel das Kinn herunter. Ich versuchte mein Nach-Luft-Schnappen in ein Husten umzuwandeln, was aber nicht sehr überzeugend klang. Ich kam mir vor, als hätte mir jemand auf dem Weg zum spielentscheidenden Korbwurf den Ball gestohlen. Sarah hatte sich *meine* Idee für *meinen* Aufsatz genommen! Die LaMonds gehörten zu *meiner* Geschichte, nicht zu ihrer. Während ich sie ansah, fiel mir eine Bemerkung ein, die Bud Newby über ihre Familie gemacht hatte – »penetrant« seien sie. Auf Sarah schien das zuzutreffen.

Sarah wandte sich von der Statue ab. »Komisch, der Gedanke, dass alle diese Leute mal gelebt haben. Man könnte so viel über sie erfahren, und wenn sich jemand an sie erinnert, sind sie irgendwie nicht ganz so tot. Der Aufsatz hat schon seinen Sinn, findest du nicht auch?«

Ich hätte fast zugestimmt. Was sie sagte, klang so logisch.

Ihre Worte vermischten sich mit einem Windstoß, der die Spitzen der alten Eichen hin und her bewegte und Muster aus Licht und Schatten auf uns warf.

»Ist dir eigentlich klar, dass du auf Arthur stehst?« Man hätte meinen können, der Friedhof gehöre mir.

»Arthur, und weiter?«

»Arthur Smythe. Er ist in irgendeinem Krieg gestorben, und du trittst ihn mit Füßen.«

»Sind deshalb die kleinen Flaggen da?«

»Er hatte keine, deswegen habe ich von anderen Gräbern ein paar ausgeliehen und auf seins gesteckt.«

Sie sah mich an und lächelte. »Siehst du? Das habe ich damit gemeint. Du zumindest denkst an ihn. Schreibst du über ihn deinen Aufsatz? Wär doch eine tolle Idee. Als Überschrift könntest du nehmen: ›Damit wir nie vergessen‹.«

»Ich glaube nicht, dass man mit Arthur acht Seiten füllen kann. Er ist nur einmal aus LaMond rausgekommen, als er zur Armee gegangen ist. Dort hat er dann Masern bekommen und ist drei Wochen später gestorben. Kannst du dir was Blöderes vorstellen, als an Masern zu sterben?«

»Warum erfindest du nicht eine Geschichte für ihn, für Arthur, meine ich, und lässt ihn einen Heldentod sterben? Das wäre doch ein echt kreativer Aufsatz. Mr Hawley würd's bestimmt gefallen.«

»Willst du das mit dem alten LaMond etwa auch so machen?«, fragte ich.

Sie setzte sich ins Gras und blätterte ihr Ringbuch durch. »Brauch ich gar nicht. Er war ein wirklich interessanter Mann. Er hat unser Haus gebaut, als es noch nicht einmal eine Stadt gab. Außerdem hat er den Blitzableiter erfunden, als noch kein Mensch an so etwas überhaupt gedacht hat. Er hat einfach Drähte vom Ofenrohr auf dem Dach in die Erde geführt und es hat sogar funktioniert. Das Patent hat dann allerdings jemand anders bekommen.«

Das meiste davon kannte ich bereits, aber aus Sarahs Mund klang das alles wie die Geschichte von jemandem, der ein wirklicher Mensch gewesen war, nicht nur ein Name.

»Es gab noch einen anderen Mann«, fuhr Sarah fort. »Er hieß Fred Ulmer und wollte, dass die Stadt nach *ihm* benannt wird. Nachdem aber das Hill House fertig war, nahm sich Cyrus LaMond ein paar Männer und einen Pflug, zog eine riesige Furche von seinem Haus bis hinunter an den See und nannte sie Main Street. Und nachdem er als Erster eine Straße angelegt hatte, konnte keiner mehr gegen ihn argumentieren. Fred schaffte es allerdings, dass der See nach ihm benannt wurde.«

Sie war wahrscheinlich mit diesem letzten Buch aus

der Bücherei nach Hause gerannt und hatte es von vorn bis hinten durchgelesen. Bud Newby hatte Recht, sie war wirklich penetrant.

»Du hast ja deinen Aufsatz praktisch fertig.« Das sollte wie ein Kompliment klingen.

»Nicht ganz. Marti, könntest du mir helfen ...« Sie sah sich um, als würde sie ernsthaft etwas in Erwägung ziehen, dann fuhr sie fort: »Könntest du mir helfen, Mr LaMonds Grab zu finden. Für eine Kleinstadt ist das ein ziemlicher großer Friedhof.«

»Der Friedhof ist so groß, weil die meisten dieser Leute hier geboren sind und weiter als bis hierher sind sie dann einfach nicht gekommen.«

Nachdem sie mir mein Aufsatzthema weggenommen hatte und über Cyrus LaMond sowieso schon mehr wusste als ich, konnte ich ihr auch zeigen, wo er lag; das würde es nicht schlimmer machen.

»Komm«, sagte ich, »es ist nicht zu übersehen.«

Neben Hill House und der Engelstatue war das LaMond Mausoleum das Ausgefallenste in ganz LaMond. Es liegt im ältesten Teil des Friedhofs mitten in einer Gruppe struppiger Kiefern, die wahrscheinlich schon hier standen, als es die Stadt noch gar nicht gab.

»Hässlich!«, sagte Sarah, als sie das Mausoleum sah. »Wie kann jemand nur so ein schönes Haus haben und sich an so einem hässlichen Ort begraben lassen?«

Ich versuchte, das Ding mit ihren Augen zu sehen. Ich hatte mich an den Anblick gewöhnt und mir noch nie Gedanken über sein Aussehen gemacht. Sie hatte Recht. Das Mausoleum bestand aus einem quadratischen, flachen Marmorklotz mit einer Eingangstür aus gusseisernen Stäben und verputzten Flächen, wo normalerweise die Fenster sind.

»Vielleicht hat es seine Frau gebaut«, sagte ich.

»Nein«, sagte Sarah. »Sie starb schon mit einundvierzig. Das war 1879. Er ist erst 1900 gestorben.«

»Hast du das alles aus dem Buch?« Aber wenn ich vor ihr in der Bücherei gewesen wäre, dann wäre mein Aufsatz jetzt auch so gut wie geschrieben.

»Den größten Teil der Daten und Fakten. Die wirklich interessanten Sachen, die Geschichten, das, was ich vor allem in meinem Aufsatz verwenden will, habe ich erst heute erfahren. ›Mündliche Überlieferung‹ nennt Marvia das. Sie hat mich zu jemandem geschickt, der im Altenheim lebt.«

Ich kannte die Antwort bereits, trotzdem fragte ich: »Mit wem hast du gesprochen?«

»Mit einer Frau namens Elva Beals. Sie war die Bibliothekarin hier und kennt Geschichten für eine Menge Aufsätze.«

»Elva Beals«, wiederholte ich.

»Eine wirklich interessante Frau, Marti.«

Sie benutzte meinen Namen, als wären wir schon unser Leben lang Freundinnen.

»Sie hat mir alles über den See erzählt, dass früher entlang des Ufers ein alter Steinwall war, bis die frühen Siedler kamen und die Steine abtrugen, um sie für ihre Fundamente zu verwenden. Jetzt, hat sie erzählt, gibt's da eine Erschließungsgesellschaft, die die Bezirksverwaltung dazu bringen will, die gepflasterte Straße ein Stück zurückzuverlegen, damit sie direkt am Ufer einen Haufen Häuser bauen und der Allgemeinheit den Zugang zum See versperren können. Sie versucht, das zu verhindern.«

»Ja«, murmelte ich, »ich hab davon gehört. Die Gesellschaft wird sich aber wohl durchsetzen.«

»Ich weiß nicht.« Sie ließ sich auf Sadie Parkers Grabstein nieder. »Elva sagt, sie hat noch einen Trumpf in der Hinterhand. Eigenartig. Ist es in kleinen Städten wie LaMond eigentlich üblich, dass sich die Leute wegen solcher Sachen in die Haare geraten?«

»Meistens sind wir uns einig.« Sie kritisierte LaMond, obwohl sie gerade erst hierher gezogen war!

Ich ließ Sarah auf Sadies Grabstein sitzen und notierte mir die Geburts –, Hochzeits- und Todestage aller LaMonds, die in den Marmor des Mausoleums gemeiselt waren. Sie hatte nicht einmal gemerkt, dass ich weggegangen war.

Ich lief zur Main Street hinunter und fragte mich, wie es kam, dass sie meine Idee gestohlen hatte. Sogar Elva Beals hatte sie mir gestohlen.

Vor der Bücherei blieb ich stehen und überlegte, was ich nun tun sollte. Dann kam mir *die* Idee – als hätte mich irgendwas veranlasst, gerade hier stehen zu bleiben. Ich würde über die Puppen schreiben!

Ich brauchte dazu nicht mal Elva Beals zu behelligen. Sie hatte uns damals alles über die Geschichte der Puppen erzählt. Ich brauchtc mich nur an alles zu erinnern. Außerdem gab es eine Broschüre über die Puppen – falls Marvia sie finden konnte.

Ein paar Stunden später hatte ich mein Material zusammen. Zuerst war es etwas schwierig, die Puppen mit meinem »ethno-kulturellen Umfeld« zu verknüpfen, aber dann wies ich in meiner Zusammenfassung darauf hin, dass es die Puppen in der Stadtbücherei gewesen waren, die mein ausgeprägtes Interesse an französischer Kunst und Geschichte geweckt hatten. Das stimmte zwar nicht, passte aber gut und gab dem Aufsatz einen nette persönliche Note, die Hawley, da war ich mir sicher, gefallen würde.

Am Freitag darauf bekamen wir unsere Aufsätze zurück.

»Kannst du dir das vorstellen?«, schrie Muffie, als sie mich eingeholt hatte. »Hawley hat ihr ein A gegeben.«

Wir hatten uns angewöhnt, »ihr« oder »sie« zu sagen, statt Sarahs Namen zu benutzen.

»Plus! Ein A plus!«, erinnerte ich sie. »Er hat in seinem ganzen Leben noch nie ein A plus gegeben.«

»Was hast du bekommen?«

Muffie wusste genau, was ich bekommen hatte. Ich hatte ihren Blick gesehen, als Hawley uns die Arbeiten zurückgab.

»B«, sagte ich in einem Ton, als bedeutete mir die Note nichts.

»Kein Plus?«

»Kein Plus!«

Was sie bekommen hatte, brauchte ich nicht zu fragen, weil ich das C gesehen hatte, bevor sie die Ecke des Deckblatts abriss.

»Er hat ihren Aufsatz sogar vorgelesen. Ich dachte, in einem Geschichtsaufsatz müsste man Tatsachen schildern und nicht einen Haufen Geschichten erzählen. Und hast du ihre Goldkette gesehen? Die hat mindestens achtzehn Karat, da wette ich.«

»Ist mir nicht aufgefallen.« Ich war viel zu sehr damit beschäftigt gewesen, auf ihren Amethyst-Ring zu starren, für den ich hätte sterben können.

Es war einfach zu viel. Dass jemand nach LaMond zog, kam nicht häufig vor. Die meisten Leute machten ihren Highschool-Abschluss und blieben danach einfach hier. Wenn also Leute wie die Irvines hierher kamen und auf der Main Street einen tollen Laden eröffneten und das älteste Haus der Stadt kauften, brachte das alles durcheinander. Dazu kam, dass Sarah mit Sicherheit eine Bedrohung im Basketball war und für ein Aufsatzthema, das ursprünglich meine Idee gewesen war, die beste Note der Klasse bekommen hatte. Nicht dass ich eifersüchtig gewesen wäre!

Als ich durch die Hintertür ins Haus kam, sah die Küche aus, als wäre eine Bande von Dieben gerade dabei überrascht worden, wie sie unsere gesamten Besitztümer wegschleppt. Ich wusste sofort, was los war. Mom war heute Gastgeberin der Atheneum-Gesellschaft, dem einzigen Klub in LaMond, dem sie angehörte, und das auch nur, weil ihre Mutter Gründungsmitglied gewesen war. Keiner wusste genau, was die Atheneum-Gesellschaft eigentlich tat – außer essen und trinken, vor allem Desserts.

»Ich habe eine Liste gemacht«, sagte Mom und kletterte von der Küchentheke.

Die Liste begann mit Glühbirnen, es folgten unter anderem Messingpolitur und vier Batterien und endete mit einem Antriebsriemen für den Staubsauger. »Du bekommst wahrscheinlich alles bei Handy Harry. Sag Helen Irvine einfach, sie soll's auf mein Konto setzen.«

»Seit wann haben wir da ein Konto?«

»Seit's den Laden gibt, und weil's das einzige Haushaltswarengeschäft in LaMond ist, und weil sie jeden Dollar Umsatz gebrauchen können.« Sie legte einen Arm um mich und drückte mich an sich, beide Hände voller feuchter, schmutziger Papierhandtücher.

Ich wollte ihr sagen, dass falls die Irvines wie ihre Tochter waren, sie bestimmt keine Unterstützung brauchten. In nicht einmal zwei Wochen hatte sie praktisch die Schule übernommen, einschließlich Mr Hawley, Jason und Chaz.

»Übrigens«, fuhr Mom fort, »Barney Wilkins hat angerufen. Er möchte, dass du in diesem Sommer im Sail-Inn die Schicht von vier bis neun machst. Nur an den Wochenenden.«

»Aha«, sagte ich, es klang nicht gerade begeistert.

»Es wird deinem College-Konto gut tun«, sagte sie, als müsste ich daran erinnert werden. »Und überhaupt, die Wochenendcamper geben reichlich Trinkgeld.«

»Vielleicht kann ich die Sachen ja im Quick-Stop kaufen«, schlug ich vor, nachdem ich Moms Liste überflogen hatte.

»Warum willst du denn da hin?«

»Ich hab nur gedacht, wir sollten Leute aus der Stadt unterstützen.«

»Warum? Sind die Irvines etwa keine Leute aus der Stadt?«

»Ja, schon, aber sie sind …«

»Sie sind was?« Moms Stimme wurde zwei Skalenstriche leiser. Andere Mütter werden laut, wenn sie sich aufregen, Mom wird immer leiser.

»Na ja, sie sind anders.«

»Anders als …?«

»Als wir.« An Moms Gesicht konnte ich erkennen, dass es nicht die richtige Antwort gewesen war.

»Handy Harry«, sagte sie. »Und jetzt zisch ab, ich brauch die Sachen.«

Ich zischte ab.

An sonnigen Tagen sieht LaMond aus wie eins von diesen Städtchen, von denen man ab und zu ein Porträt im Fernsehen sehen kann, gedreht von einem, der in New York lebt und einmal im Jahr auf der Suche nach Lokalkolorit durchs Land fährt. Unsere Stadt mochte nicht viel Vergangenheit oder Zukunft haben, aber das machte nichts, wir hatten Lake Ulmer. Es war immer wieder aufregend, wenn wir unten in der in der Nachbarstadt Maple Grove gewesen waren und über die kleine Anhöhe kamen, und da lag er vor uns, der See, ausgebreitet zwischen all den Maisfeldern, wo eigentlich gar kein See sein sollte.

Das war noch so etwas in LaMond: Kein Mensch benutzte hier Richtungsangaben wie Nord, Süd, West oder Ost. Stattdessen ging man »runter nach« Maple Grove, »rauf nach« Great Bend, »rüber nach« Boyer und »hinter nach« Regina. Aber jetzt war »rauf zu« Handy Harry angesagt.

Die Irvines hatten ihren Laden im ältesten Haus der Main Street. Die Straßenfront war allerdings umgebaut worden, sodass das Gebäude mit seinem großen, neuen Schaufenster jetzt wie ein Laden in einem der großen Einkaufszentren aussah. Selbst ein Schild AUSHILFE GESUCHT gab es.

Beim Betreten des Ladens konnte ich schon am Geruch erkennen, dass hier alles neu war. Die meisten Läden in der Stadt rochen muffig, so als wäre die Feuchtigkeit vom See her langsam durch die Wände gekrochen. Irvines Laden roch nach frischer Farbe und nach dem Zimtduft, den die parfümierten Kerzen an der Wand neben der Eingangstür verbreiteten. Ich nahm mir einen der kleinen Plastik-Einkaufskörbe, die auf dem Boden gestapelt waren, und machte mich an Moms Liste.

Als ich fertig war und zur Kasse zurückging, musste ich mich an der Schlange anstellen. Es dauerte aber nicht lange, in LaMond reichen zwei Menschen für eine Schlange. Es machte mir nichts aus, weil ich so Gelegenheit hatte, mir Mrs Irvine anzusehen. Sie war nicht so groß wie ich, was aber für die meisten Frauen gilt, die ich kenne, dafür war sie zu hübsch, um eine Mutter zu sein – selbst Sarahs Mutter.

Als ich an der Reihe war, stellte ich den Korb vor ihr ab. »Würden Sie das bitte auf das Konto meiner Mutter setzen? Marge Sullivan.«

Sie hörte auf, Preise einzutippen, schaute auf und lächelte mich an, als wäre ich etwas Besonderes. »Du bist Marti.«

»Stimmt«, sagte ich.

»Sarahs neue Freundin. Sie hat mir von dir erzählt, und dass du so nett gewesen bist, sie mit deinen Freundinnen bekannt gemacht und ihr in der Schule geholfen hast.«

Es fiel mir etwas schwer, ihr in die Augen zu sehen.

»Das war wichtig für sie, musst du wissen. Sie vermisst ihre Freundinnen in Evanstown.«

»Ich dachte, Sie hätten in Chicago gewohnt.«

»Na ja.« Ihr kleines Lachen klang, als wollte sie sich für etwas entschuldigen. »Evanstown ist ein Vorort. Sie hat mir erzählt, dass du gut Basketball spielst.« Sie tippte die letzten Sachen ein, die ich gekauft hatte. »Du hilfst ihr hier beim Einleben.«

Es gibt nichts Schlimmeres, als wenn jemand denkt, du wärst nett gewesen, obwohl du das gar nicht vorhattest.

»Sarah hat einen wirklich guten Geschichtsaufsatz

geschrieben«, war das Einzige, was mir einfiel. »Mr Hawley hat ihn uns vorgelesen.«

»Ich weiß. Ihr Dad und ich waren so stolz auf sie. Außerdem haben wir auf diese Weise etwas über die Stadt und das Haus erfahren. Warum kommst du nicht mal mit und schaust dir an, wie wir es renoviert haben?«

»Würd ich gern«, sagte ich.

»Dann komm doch bald mal.« Sie lächelte mich an. »Schalom, Marti.«

»Schalom?«

»Ein schönes Wort, findest du nicht? Es bedeutet ›Frieden‹. Wir benutzen es an Stelle von ›Guten Tag‹ und ›auf Wiedersehen‹.«

Ich nahm mir die glänzende, neue, biologisch abbaubare Einkaufstüte – eine Neuheit in LaMond –, murmelte ein Dankeschön und verließ den Laden.

»Sarahs neue Freundin!« Ich hatte immer noch den weichen, zufriedenen Klang von Mrs Irvines Stimme im Ohr und fragte mich, ob Sarah ihre Mutter angelogen hatte oder ob sie irgendwie sogar selbst daran glaubte.

Was macht man, wenn man eine Freundin bekommt, die man weder braucht noch haben will?

3

Endlich war die Schule für diesen Sommer zu Ende – wir waren in der Oberstufe. Ganz egal, wie friedlich der Rest des Jahres auch sein mochte, im Sommer steckte LaMond immer voller Leben. Kinder und Jugendliche auf Fahrrädern machten sich auf den Weg zum Strand. Marvia lockte die kleineren Kinder in ihre Lesestunde und gewann sie, eins nach dem anderen, für ihr Sommer-Lese-Programm mit T-Shirts als Preisen, auf denen ICH BIN STOLZ DARAUF, EIN BÜCHERWURM ZU SEIN stand. Zerbrechliche, weißhaarige Menschen ließen sich auf den im See verankerten Schwimmdocks nieder, angelten und unterhielten sich. Auf der Main Street standen saubere, blitzende Pick-ups.

Im Juni, wenn die Farmer ihren Mais und ihre Sojabohnen angepflanzt hatten, veranstaltete die Stadt an der Moose Lodge einen Abend unter dem Motto Polka-Marathon.

Im Juli gab’s dann volles Programm: Zuerst Karpfen-

Wettangeln, dann das Lake-Ulmer-Sommerfest, darin eingeschlossen der Lake-Ulmer-Miss-Teenage-Wettbewerb mit einem Hauptpreis von 500 Dollar. Den Abschluss bildete die Floßparade. Und August war dann das Basketball-Camp.

Nach dem Polka-Marathon rief ich Muffie an und fragte sie, ob sie Lust hätte, mit mir um den See zu radeln. »Eigentlich sollten wir joggen, um uns für das Camp fit zu machen, aber dafür ist es zu heiß.«

»Wir haben den zehnten Juli«, sagte sie. »Hast du schon mal auf den Kalender geguckt?«

Ich tat es. »Ich sehe nur eine große Zehn.«

»Marti, schalt dein Gehirn ein. Nur noch eine Woche bis zum Miss-Teenage-Wettbewerb, ich muss mich vorbereiten.«

Ich überlegte kurz, ob ich sie daran erinnern sollte, dass sie schon zweimal teilgenommen hatte, ohne zu gewinnen, tat es aber nicht. »Was heißt das, du musst dich vorbereiten? Was für deine Sonnenbräune tun?«

»Das auch. Außerdem brauche ich jede Sekunde, um meine Nägel wachsen zu lassen, und ich muss schreiten üben und dann« – sie klang besorgt – »gibt's ja noch die Talentshow, für die muss ich üben.«

In ihren beiden bisherigen Anläufen auf den Titel hatte Muffies spezielles Talent darin bestanden, zu »Stars and Stripes Forever« Seil zu springen.

»Warum?«, fragte ich. »Willst du dieses Jahr eine andere Musik nehmen?«,

»Ich mach was Neues.« Sie holte tief Luft und flüsterte: »Du musst schwören, dass du's keiner Menschenseele verrätst. Es wird *die* Überraschung.«

Mir fiel niemand ein, den das hätte interessieren können, trotzdem sagte ich: »Ich schwöre, ich schwöre.«

»Ich mach eine Pantomime« – ihre Stimme wurde wieder normal – »von einer Wetteransagerin in den Fünf-Uhr-Nachrichten! Ich zeichne Wetterkarten und all das. Dazu lass ich Musik laufen.«

Ich spürte, wie sie darauf wartete, dass ich überrascht nach Luft schnappte, also versuchte ich es und fügte noch ein »Wow!« hinzu.

»Dir mag das ja alles nichts bedeuten, Marti. Du gehst aufs College, aber wir in der Unterhaltungsbranche müssen uns so oft wie möglich darbieten.«

»Willst du dich meistbietend versteigern lassen?« Muffie verstand meinen Witz nicht. »Versprich mir nur eins. Wenn du eines Tages im Fernsehen die Wetteransage machst und vor der USA-Karte stehst, dann stell dich bitte nicht so, dass du unseren Staat verdeckst. Stell dich vor einen anderen Staat.«

»Versprochen«, sagte sie, »aber jetzt muss ich los.«

Sie legte auf. Ich beschloss, trotzdem eine Radtour zu machen.

Der See ist zwar nur drei Meilen breit, um den See herum sind's aber fast acht Meilen, der größte Teil der Straße ist eben und, außer im Spätsommer, gibt es kaum Autos. Heute waren nur wenige Spaziergänger unterwegs, überwiegend ältere Frauen, und die üblichen Anglergruppen, die ihr Territorium mit Klappstühlen, Picknickkörben, Ködereimern und Ersatzangeln abgesteckt hatten. Was sie wohl machten, wenn Mr Barnes seine Baugenehmigungen bekam?

Nach etwa drei Viertel der Strecke fällt die Straße zum See hin ab. Hier beginnt der Staatspark. Ich bog von der Uferstraße ab und fuhr auf einem Kiesweg weiter, der durch ein Schwarzbirkenwäldchen zu einer Reihe von Picknicktischen führt. Von dort aus hat man einen schönen Blick auf den See. Die einzigen Geräusche waren das Plätschern der Wellen gegen das Ufer, das Rauschen der Zweige im Wind und die Rotdrosseln, die sich gegenseitig etwas zuriefen.

Jemand saß mit dem Rücken zu mir auf dem Tisch, der am nächsten zum See stand, meinem Lieblingstisch. Als ich näher kam, sah ich, dass es Sarah-mit-H war, und fragte mich, warum sie sich von den vielen infrage kommenden Orten ausgerechnet *meinen* Tisch aussuchen musste.

Sie hörte meine Fahrradreifen auf dem Kies und drehte sich zu mir um. »Hallo«, sagte sie und lächelte, als hätten wir uns für diesen Morgen verabredet und ich wäre gerade rechtzeitig gekommen.

Ich stellte fest, dass ich zurücklächelte, und da ich schlecht kehrtmachen und davonradeln konnte, stellte ich mein Rad auf den Ständer und setzte mich auf das andere Ende des Tisches.

»Bist du gerannt?«, fragte ich. Ihr Haar war verschwitzt und ringelte sich in kleinen Löckchen um ihr Gesicht. Bei ihr sah es gut aus, bei mir hätte es grässlich ausgesehen.

»Nur einmal um den See. Ich wollte die Strecke vor dem Sommerfest einfach mal ausprobieren. Machst du bei dem Lauf mit? Wir könnten zusammen laufen.«

»Das fehlt mir noch!« Sie hatte noch nie die Leute in Nikes und Shorts gesehen, die zu hunderten um den See stampften. Wenn da jemand stolperte und hinfiel, würde es eine Woche dauern, bis sie ihn vom Weg kratzten. »Ich halt mich an das Karpfen-Wettangeln. Ist sicherer.« Ich beobachtete eine Möwe, die über die kleine Bucht segelte. »Machen deine Eltern mit einem Floß bei der Wasserparade mit?«

Sie schüttelte den Kopf. »In diesem Jahr noch nicht. Sie haben es nicht rechtzeitig erfahren, und außerdem haben wir kein Boot. Wie ist es mit dem Restaurant, wo deine Mutter arbeitet? Beteiligen die sich?«

»Klar. Mit Bud Newbys Pontonboot und einem großen Schild, auf dem REINKOMMEN UND VOR ANKER GEHEN – IM SAIL – INN steht. Das machen sie jedes Jahr. Sieht schrecklich aus, kostet aber nicht viel.«

»Mom hat erzählt, dass du nachmittags mal im Laden warst.« Sarah sah mich kurz an, dann schaute sie weg. »Hat sie ein großes Getue um dich gemacht? Ich meine, sie ist in Ordnung, aber manchmal trägt sie ein bisschen dick auf.«

Ich wusste genau, was Sarah meinte. Wenn Mom von meinen Basketballspielen erzählt, würde ich auch immer am liebsten im Boden versinken. Es klingt immer so, als wäre ich die Einzige im Team.

»Mütter«, sagte ich und zuckte mit den Schultern. Ich war froh, dass ich Muffie und den anderen nicht erzählt hatte, dass ich laut Mrs Irvine Sarahs beste Freundin war.

Sie hatte wohl geahnt, was mir durch den Kopf ging, denn sie sagte: »Mom und Dad fühlen sich hier richtig wohl, aber sie haben Angst, dass ich meine alten Freundinnen vermisse.«

»Und, vermisst du sie?«, fragte ich. Ich war noch nie lang genug von LaMond weg gewesen, um jemanden zu vermissen.

»Natürlich.« Sie runzelte die Stirn. »Würde dir doch sicher auch so gehen, wenn du hier weggingst, oder? Würdest du nicht Muffie und Liz und alle anderen vermissen? Wenn du in eine andere Stadt ziehst, weiß außer dir selbst keiner, wer du bist, also musst du wieder ganz von vorn anfangen mit dem, was du bist und außer dir selbst interessiert sich niemand dafür.«

Da das College für mich der einzige Grund war, jemals von LaMond wegzugehen, konnte ich mit solchen Fragen nicht allzu viel anfangen. Deswegen sagte ich: »Es dauert sicher eine Weile, bis man sich eingelebt hat.«

»Das sage ich Mom auch immer.«

Ich hatte mir noch nie Gedanken darüber gemacht, wie man sich in LaMond als Außenseiter fühlte. Zwar hatte ich nichts getan, um in ihr solche Gefühle zu wecken, aber leichter gemacht hatte ich es ihr auch nicht. Trotzdem, ich dachte nicht daran, mich zum Kumpel des Jahres zu machen.

Nachdem ich so auffällig wie möglich auf die Uhr gesehen hatte, sprang ich vom Tisch und setzte mich auf mein Fahrrad. »Ich muss los. Kannst ja mal rüberkommen, dann werfen wir ein paar Körbe«, sagte ich, und weil ich etwas spürte, das ich nicht benennen konnte, fuhr ich fort: »Und grüß deine Mutter von mir.«

Ich radelte langsam zur Uferstraße zurück. Ich musste gar nicht los, aber eine bessere Ausrede war mir nicht eingefallen. Feststellen zu müssen, dass man gar nicht so nett ist, wie man immer gedacht hat, ist kein schönes Gefühl. Also fing ich an, über andere Sachen nachzudenken. Leider gab's nicht viel zum Nachdenken, ausgenommen das Sommerfest. Da Muffie mit den Proben für den Kostümwettbewerb beschäftigt war und Sarah bereits jeden einzelnen Schritt des 8-Meilen-Laufs inspizierte, sollte ich vielleicht doch wieder am Karpfen-Wettangeln teilnehmen.

Seit ich groß genug war, um eine Angel zu halten, hatte ich Jahr für Jahr mein Glück versucht. Der einzige Preis, den ich bis jetzt gewonnen hatte, war der für den jüngsten Angler – dabei war ich ein Mädchen! Während ich den Hügel hinaufstrampelte, bevor ich mein Fahrrad in die Stadt hinunterrollen ließ, überlegte ich mir, dass man das Karpfenangeln zwar nicht trainieren konnte, dass es aber nicht schaden würde, mehr über diese Fische zu wissen. Coach Carlson sagte immer, dass die Kenntnis der Schwächen des Gegners der halbe Sieg war. Bestimmt hatten auch Karpfen Schwächen, besonders solche, die an einer Flosse ein Tausend Dollar-Preisschild mit sich herumschleppten.

Bis zum nächsten Wochenende würde das Lake-Ulmer-Sommerfest die Stadt von Grund auf verändern. Die Männer von Donald Shows drüben in Boyer würden einen Rummelplatz aufbauen, der sich von der Post die ganze Main Street entlang bis zum Park unten am See erstrecken würde: Riesenrad, Achterbahn, Schießbuden, Ringewerfen, Gewichtraten. Dazu kamen der Wettlauf um den See, Schwimmwettkämpfe, Kanurennen, Wasserski-Wettbewerbe, Bingo und Imbissstände mit selbst gebackenem Kuchen und Eis. Zwei volle Tage lang würde LaMond von so vielen farbigen Lichtern erleuchtet werden, dass man vergaß, wann der Tag endete und die Nacht begann.

»Besser als der Broadway«, hatte Bud Newby mal im Sail-Inn großspurig getönt. Er war dem Broadway allerdings nie näher gekommen als an dem Tag, als er in Dubuque die Abfahrt verpasst hatte und feststellen musste, dass er sich auf dem Weg über den Mississippi in Richtung Osten befand und keine Stelle zum Wenden fand.

Das krönende Ereignis war immer der Lake-Ulmer-Miss-Teenage-Wettbewerb. Das Problem war nur, dass noch nie ein Mädchen aus LaMond den Wettbewerb gewonnen hatte. Ich wusste, dass ich sowieso keine Chance hatte, also hatte ich es auch noch nie versucht. Beim Karpfen-Wettangeln sah die Sache anders aus. Wer den markierten Karpfen fing, den Emil Clay morgens heimlich im See aussetzte, nahm tausend Dollar mit nach Hause.

Ich hatte jede Menge Zeit für das, was Mr Hawley »Recherche« nannte. Ein paar Tage vor dem Wettangeln suchte ich nach Informationen in allen Büchern, die Marvia mir empfohlen hatte.

»Cyprinus carpio«, so las ich, »ernährt sich auf dem schlammigen Grund von Wasserpflanzen und Kleinlebewesen. Er hält Winterschlaf und braucht dann keine Nahrung.« Das war zwar interessant, aber nicht besonders hilfreich. Was ich über Köder gelesen hatte, war viel besser.

»He, Marti, was treibst du denn hier?«

»Ich recherchiere«, sagte ich und deutete auf das große C auf dem Rücken des Enzyklopädiebandes. »C steht für die lateinische Bezeichnung von Karpfen.«

Sarah setzte sich mir gegenüber und stapelte ihre Bücher auf den Tisch.

»Gedichte?«, fragte ich, nachdem ich einen Blick auf den Rücken des obersten Buches geworfen hatte.

»Ja, ich suche ein Gedicht zum Auswendiglernen.«

»Wozu willst du denn ein Gedicht auswendig lernen?«

»Für den Lake-Ulmer-Miss-Teenage-Wettbewerb.«

»Wolltest du nicht am Lauf um den See teilnehmen?«

»Der findet morgens statt, das andere ist abends. Es war Moms Idee – eine Gelegenheit, Gleichaltrige kennen zu lernen. Die Talentshow ist wahrscheinlich das Spannendste daran.«

Ich überlegte, ob ich ihr sagen sollte, an was die Jury bei »Talent« dachte: Stepptanzen, Akrobatik, Taktstockwirbeln und gelegentlich Xylophon spielen.

»Ich hab mich noch nicht endgültig festgelegt, aber ich werde wohl ›Vorbilder‹ von Amy Lowell nehmen.«

»Ich glaube nicht, dass ich das kenne«, sagte ich, als wären Amy und ich alte Freundinnen.

»Die letzte Zeile ist sehr dramatisch. Genauer gesagt, ist es eine Frage.« Sie sah zur Decke und deklamierte mit zorniger Stimme: »Herrgott! Wozu sind Vorbilder da?«

Ich war froh, dass die Bücherei bis auf uns und Marvia leer war. Ich konnte fast das wiehernde Gelächter hören, das sie ernten würde, wenn sie so etwas rezitierte, schwieg aber. Stattdessen sagte ich: »Die Aufmerksamkeit der Jury dürfte dir sicher sein.«

Auf dem Nachhauseweg versuchte ich zu verstehen, warum ich das gesagt hatte. Wenn es um Sarah ging, tat ich oft Dinge, die ich nicht verstand.

Allerdings hatte ich so viel zu tun, dass ich nicht weiter darüber nachdachte. Bei der Naturschutzbehörde musste ich mir eine Karte des Sees besorgen, außerdem sollte ich anhand der Sonnen- und Mondtabelle in der Zeitung prüfen, welche Tageszeit zum Angeln die beste war. Vor allem aber musste ich Teigbällchen als Köder machen.

Für die Teigbällchen brauchte ich nicht nur Zeit, sondern auch Zutaten: Maismehl, eingetrocknetes Himbeergelee, Olivenöl, Vanille und Erdnussbutter. Ich mischte alles zusammen und formte kleine Bällchen, die, wie es ein Buch ausdrückte, in das Maul eines Karpfens passten. Da Karpfen keine Zähne haben, sondern nur einen Schlund, war es gar nicht so einfach, die richtige Größe zu bestimmen. Dann fuhr ich mit dem Fahrrad zur Farm von Liz' Eltern hinaus, um süßen Mais zu kaufen, für den Fall, dass das mit den Bällchen nicht klappte.

Bis zur Startsirene am Freitagmorgen würde ich so weit sein.

Die Karpfen waren es nicht!

Ich saß da, die Angel in der Hand, den Zeigefinger an der Schnur, um das leichte Zittern zu spüren, wenn ein Karpfen mein Teigbällchen beschnüffelte, aber es passierte nichts, obwohl die Sonnen-/Mondtabelle behauptet hatte, die Fische würden beißen. Der Morgen zog sich hin, es wurde Mittag. Meine Beute bestand aus einem Panzerwels und einem winzigen Katzenwels. Aus Mittag wurde Nachmittag. Um zwei war mir klar geworden, dass Karpfen viel intelligenter waren als die Menschen, die sie angeln wollten. Ich zog meine Angel ein und zog geschlagen nach Hause.

Natürlich war Sarah beim Lauf um den See in ihrer Altersklasse die Schnellste. Als ich an der Bühne vorbeistapfte, auf der die Preise ausgegeben wurden, bekam sie gerade eine Medaille an einem roten Band. Ich blieb nicht stehen.

Der Lake-Ulmer-Miss-Teenage-Wettbewerb fand zwischen dem Volleyballfeld und der Kraftmessmaschine auf einer extra dafür aufgebauten Bühne statt, die der Donald Show gehörte. Als ich um sieben Uhr dort ankam, war die Wiese vor der Bühne voller Menschen auf Klappstühlen und ganzen Familien, die sich auf Decken ausgebreitet hatten.

Die erste Teilnehmerin, ein Mädchen aus Maple Grove, die einen Stepptanz vorführte und dazu Luftballons zu Formen verdrehte, dic entfernt nach Tieren aussahen, stand bereits auf der Bühne. Sie erhielt von den Leuten aus Maple Grove eine Menge Applaus.

In diesem Jahr gab es zehn Teilnehmerinnen. Die meisten von ihnen ignorierte ich und beobachtete stattdessen lieber das Publikum.

Jason und Chaz lehnten an einem Baum neben der Bühne und ich fragte mich, ob sie wegen Sarah oder wegen Muffie da waren.

Als Muffies Name über den Lautsprecher kam, begann ich, meine Aufmerksamkeit auf die Bühne zu richten. Während der gesamten zehn Minuten, die ihr für die »Talentshow« zur Verfügung standen, zog sie Wetterkarten hervor, zeigte auf Diagramme und beklebte zum Abschluss eine Karte unseres Staates mit einer Hand voll Smileys, die Sonnenwetter bedeuten sollten. Dazu dröhnte von einem Tonbandgerät hinter der Bühne »The rockets' red glare, the bombs bursting in air« gespielt von der LaMond Highschool Band.

Die Leute aus LaMond klatschten und pfiffen und johlten.

Ich wusste, dass Sarah als Nächste und Letzte auf dem Programm stand. Ein Teil von mir wollte gehen, bevor sie sich blamierte, ein anderer Teil wollte da bleiben und mitlachen.

Als sie auf die Bühne trat, angetan mit einem altmodischen, langen Kleid, das aussah, als wäre es aus demselben Stoff wie Moms eleganter Brokatsessel, kam etwas Bewegung ins Publikum. Einige kicherten. Aber als Sarah dann den Mund öffnete und mit ihrem Gedicht begann, hörte das Kichern auf und alle lehnten sich vor und hörten gespannt zu.

Es hörte sich eigentlich mehr nach einer Geschichte an als nach einem Gedicht. Ich wusste nicht, ob das an der Dichterin lag oder an der Art, wie Sarah das Gedicht vortrug. Jedenfalls hatte ich eine Zeit lang wirklich das Gefühl, sie wäre eine erwachsene Frau, die durch einen Garten spaziert und an ihren Liebsten denkt, obwohl Sarah sich eigentlich kaum bewegte. Als wir dann mitbekamen, dass der Mann, den sie heiraten wollte, in irgendeinem Krieg umgekommen war, stöhnten alle ein wenig auf.

Nach der letzten Zeile – »Herrgott! Wozu sind Vorbilder da?« – war es so still, dass bis auf die Straßengeräusche nichts zu hören war. Als die Leute dann anfingen zu klatschen, war deutlich zu spüren, dass der Beifall aus vollem Herzen kam, selbst bei den Leuten aus Maple Grove.

Sarah war die erste Bewerberin aus LaMond, die den Titel gewann und dafür 500 Dollar erhielt. Muffie wurde zum dritten Mal zweite.

Als ich sie am nächsten Tag traf, hatte sie sich alles zurechtgelegt. »Mit einem sexy Gedicht wie diesem kann jeder gewinnen, selbst das Fluchen am Ende haben sie ihr durchgehen lassen! Na ja, einer von *denen* macht es natürlich nichts aus, Seinen Namen unnütz im Mund zu führen.«

Ich fragte sie nicht, wer »die« war. Ich wusste, was sie meinte.

4

Mr Hawley hatte uns mal erzählt, dass es Wegzeichen gibt, die die großen geschichtlichen Ereignisse markieren. Wenn wir die lernen würden, könnten wir die Vergangenheit richtig einordnen. Als das Sommerfest vorbei war, stand für mich auf allen Wegzeichen nur noch »Sail-Inn Truck Stop«. Jeden Freitag, Samstag und Sonntag von vier bis neun trug ich mein Matrosenkluft und wurde Marti, Deckputzerin erster Klasse.

Es war an einem heißen Juliabend. Bud Newby saß auf seinem Stammplatz am Ende der Theke neben dem Schaukasten mit den hausgemachten Kuchen, neben ihm Muffies Dad und Rudy, der Müllmann von LaMond, auch wenn auf seinem Lastwagen REINIGUNGSSERVICE stand. Trotz der Hitze tranken sie Kaffee. Wer ein Hot Beef Sandwich oder ein Stück Kuchen bestellte, bekam die zweite Tasse gratis. An diesem Abend war Kuchen dran.

»Zwei Kirsch, ein Apfel«, sagte Mom, als sie den

Männern die Teller hinstellte und Kaffee nachgoss. Ich machte mich daran, in den Nischen des Cafés das schmutzige Geschirr abzuräumen.

»Haben sich nicht mal an der Wasserparade beteiligt, habt ihr's gemerkt?« Bud trank laut schlürfend einen großen Schluck Kaffee.

»Die interessiert doch nur, Gewinn zu machen.« Rudy stocherte in seinem Kuchen herum, als hätte er eine Mistgabel in der Hand.

»Und ihn zu behalten«, fügte Mr Barnes hinzu und wischte die saubere Kuchengabel, die Mom ihm gebracht hatte, mit seiner Serviette ab.

»Stimmt«, ergänzte Bud. »Lass einen rein und bald wimmelt es auf der Main Street nur so von Sonderangeboten.«

»Und was haltet ihr von dem Mädchen? Trägt ein Gedicht vor und gewinnt.« Rudy beugte sich tief über die Theke und legte die Arme um seinen Teller herum.

Als ich durch die Schwingtür in die Küche ging, kam mir Mom entgegen. Sie schüttelte den Kopf und murmelte: »Nun hör sich einer das an.« Ich blieb hinter der Tür stehen und lauschte.

»Meine Tochter hätte so ein Gedicht nicht in der Öffentlichkeit vortragen dürfen«, verkündete Mr Barnes.

»Jedenfalls hat sie das Zeug nicht in unserer

Highschool gelernt«, sagte Bud, als ich mit einem Stapel sauberer Kaffeetassen durch die Tür trat. »Das sind diese Liberalen drüben im Osten, die uns erzählen wollen, wie wir unsere Schulen zu führen haben. Die und die Regierung, die diesen Juden in Israel massenhaft Geld zusteckt. Als würde man Dreck in ein Rattenloch stopfen.«

Mom stand am Ende der Theke. Am Zucken ihrer Backenmuskeln konnte ich erkennen, dass sie einen aussichtslosen Kampf mit ihrem Mund führte.

»Genau.« Rudy kratzte mit der Gabel die Kuchenreste von seinem Teller. »Solche Ideen brauchen wir hier in LaMond so nötig, wie wir Itzigs brauchen.«

Muffies Dad faltete seine Serviette zusammen, als wäre sie aus reinem Leinen, und legte sie neben seinen Teller. »Ist euch aufgefallen, dass das Mädchen das ganze Stück auswendig konnte?«

»Warum hatte sie dann das Stück Papier in der Hand, als wäre nicht alles für sie aufgeschrieben?« Bud lachte. »Wer gegen einen Juden gewinnen will, muss früh aufstehen.«

Mom hatte sich näher an die Männer herangeschoben, als würden deren Worte sie gegen ihren Willen anziehen.

»Wer hat eigentlich die Preisrichterin ausgesucht? Wo kam die her?«

»Die Frau hat gesagt, Marvia hätte sie besorgt.« Die Art, wie Mr Barnes »die Frau« sagte, hätte einen vermuten lassen können, dass er Lois Barnes nicht besonders gut kannte.

»Das passt«, grunzte Bud. »Wahrscheinlich eine von diesen College-Profs, die keine Ahnung haben, um was es hier in LaMond geht.«

»Noch jemand vom Stamme Israel, da könnt ich wetten.« Rudy legte seine Gabel hin. »Weiß doch jeder, dass die zusammenhalten.«

Mom machte mir ein Zeichen, dass ich die leeren Teller und Tassen einsammeln sollte, während sie die Rechnung zusammenstellte. Bis auf einen leuchtend roten Fleck auf beiden Backen war ihr Gesicht weiß. Sie klatschte den Männern die Rechnung auf die Theke, zog das Seemannshütchen vom Kopf, nahm das Namensschild ab und ließ beides auf die Theke fallen. Dann drehte sie sich um und schrie in Richtung Küche: »Barney, kümmer dich um die Kasse. Ich kündige.«

Als sie sich wieder umdrehte, saßen die Männer da und starrten sie mit offenem Mund an. Moms Stimme war jetzt sehr leise. »Rudy, du bist sowieso kulturell unterbelichtet, aber von dir, Bud, hätte ich ein bisschen mehr Kultur erwartet. Und Sie, Mr Barnes, sollten sich schämen, jedenfalls schäme ich mich, mit Ihnen in einem Raum zu sein.«

Sie fuhr herum und war aus der Tür, bevor noch einer von ihnen irgendwie reagieren konnte.

Ich war so überrascht und verlegen, dass ich mich in die Küche verdrückte und dort wartete, bis die Männer gegangen waren. Erst dann folgte ich Mom.

Ich rannte nicht, sondern ging langsam und versuchte zu verstehen, was gerade passiert war. Eins war sicher: Bis morgen Mittag würde jeder in der Stadt Bescheid wissen. Es war nicht so, dass Mom zum Vergnügen im Sail-Inn gearbeitet hatte. Abgesehen von dem, was uns die paar Investmentpapiere einbrachten, die Dad vor seinem Tod gekauft hatte, war ihr Gehalt unsere einzige Einkommensquelle.

Was mir aber am meisten zu schaffen machte, war die Wut, die ich auf ihrem Gesicht gesehen hatte. Ich wusste, dass sie wütend werden konnte, aber dann ging es um Sachen, die sie in den Fernsehnachrichten gesehen oder in der Zeitung gelesen hatte. Außer über das geplante Geschäft mit den Grundstücken am See und den Versuch, die Uferstraße zu verlegen, hatte sie sich noch nie über etwas aufgeregt, das in LaMond geschehen war.

»Ist im Sail-Inn die Decke weggeflogen?«, fragte sie, als ich in die Küche geschlendert kam. Ihr Gesicht hatte wieder die richtige Farbe, und auch an ihrer Stimme war nicht zu erkennen, dass sie soeben den Job aufgegeben hatte, der unsere Brötchen sicherte.

»Barney war nicht wütend oder so«, erzählte ich. »Er denkt wohl, du hättest es nicht ernst gemeint, dass es ein prämenstruelles Syndrom war oder so.« Ich wusste, dass meine Stimme hoffnungsvoll klang, aber ich konnte es nicht ändern.

Mom nahm das Glas Limonade, das sie angestarrt hatte, als ich in die Küche gekommen war, trank einen Schluck und verzog das Gesicht. »Stimmt, ich habe ein Syndrom, ein Anti –Dummheitssyndrom. Hast du nicht begriffen, was die gesagt haben?«

Ich setzte mich ihr gegenüber an den Tisch. »Klar. Es war nicht sehr nett, aber schließlich auch nicht mehr als ein Haufen Wörter. Weißt du nicht mehr, was du immer zu mir gesagt hast? ›Was man sagt, das ist man selber …‹«

»In diesem Fall sind es nicht nur die Wörter, obwohl auch die unverzeihlich sind. Es ist der Hass, der dahinter steckt.«

»Mom«, sagte ich so ruhig ich konnte, »du hättest doch nicht kündigen müssen. Jedenfalls nicht wegen der Irvines.«

Sie schüttelte langsam den Kopf. Als sie sprach, war ihre Stimme leise: »Marti, du verstehst das nicht. Es ist nicht nur wegen der Irvines, es ist wegen dir und mir und der Stadt, in der wir leben.« Sie rieb sich die Stirn, als wollte sie etwas wegwischen. »Was glaubst du wohl, warum wir hierher zurückgekommen sind, als dein Vater starb?«

Da ich damals noch ein Baby war, konnte man in meinem Fall wohl kaum von »zurückkommen« sprechen. LaMond war der einzige Ort, an dem ich je gelebt hatte. »Weil du hier aufgewachsen bist, nehme ich an, und weil Grandma dir dieses Haus vererbt hat und weil es keinen anderen Ort gab, wo du hättest hingehen können.«

»Schatz, die ganze Welt hätte uns offen gestanden. Anderswo wäre es schwerer geworden, zugegeben, aber wir hätten es geschafft. Wir sind nach LaMond gekommen, weil dies hier eine Kleinstadt ist, eine gute Stadt mit aufrichtigen Menschen, die sich umeinander kümmern. Eine Stadt, in der du behütet aufwachsen konntest, unberührt von dem ganzen Mist, der Tag für Tag überall passiert.«

Ich wurde langsam ungeduldig. Wir hatten ein ziemliches Geldproblem, ich würde mich Muffie und den anderen stellen müssen und Mom sprach über unwichtiges Zeug.

»Na und?«, sagte ich.

»Und das ist wahrscheinlich auch der Grund, warum sich die Irvines für LaMond entschieden haben.«

Es war, als sprächen wir zwei verschiedene Sprachen. »Aber dein Job!«, sagte ich. Eine von uns musste schließlich praktisch denken.

Mom stand auf und streckte sich. »Mach dir keine Sorgen, Marti. Es ist okay, ich versprech's dir. In der Heimstatt, vielleicht auch in der Bank, werden immer Leute gebraucht. Wird schon alles werden. Komm, lass uns ins Bett gehen. Wir sprechen morgen noch mal drüber. Denk dran, morgen ist ein ganz neuer Tag.«

Wir gaben uns einen Gutenachtkuss und ließen eine ganze Menge ungesagt, jedenfalls von meiner Seite. An diesem Abend schaute ich nicht aus dem Fenster, um nachzusehen, ob im Hill House ein Fenster erleuchtet war.

Ich wusste, dass sich Mom freute, als ich ihr am nächsten Morgen sagte, dass ich ebenfalls aus dem Sail-Inn segeln würde. Sie dachte wohl, für mich wäre das eine Sache des Prinzips, aber das war es nicht. Ich schämte mich so sehr für sie, dass ich einfach nicht dorthin zurückgehen und mich diesen Männern stellen konnte. Mom verschwendete keine Zeit, um für mich eine neue Arbeit zu suchen.

Sie rief Gladys Payne an, Gladys rief Wanda Jenkins an, Wanda rief Jean Meyer von der Heimstatt an und Jean rief mich an.

»Meine Nichte drüben aus Boyer macht Ferien«, sagte sie. »Hättest du Lust, die Vertretung für sie zu übernehmen?« Zwei andere Mädchen hatten sich um den Job beworben, trotzdem bekam ich ihn, ohne einen Fin-

ger krumm zu machen. »So ist das eben in LaMond«, sagte Gladys. »Wir kümmern uns umeinander.«

»Was muss ich tun?«, fragte ich Mom.

»Wahrscheinlich kriegst du als Erstes den Bücherwagen. Hilf einfach da, wo sie dich hinstecken, und lächle.«

Ein paar Tage später ging ich morgens, ohne zu lächeln, am Hill House vorbei zur Arbeit. Ich trug »eine weiße Hose, eine helle Bluse und ein glückliches Gesicht«, wie es laut Anweisung von der Heimstatt erwartet wurde. Die Kleidung war kein Problem, das glückliche Gesicht war eins.

Und alles nur wegen der Irvines!

Ich betrat die weitläufige Empfangshalle, die zwischen einem Aufenthaltsraum auf der einen und einem Essraum auf der anderen Seite lag. Dazwischen war ein Büro. Während ich darauf wartete, dass jemand erschien, las ich das auf dem Empfangspult stehende Motto. ZU HAUSE IST MAN DORT, WO DAS HERZ IST. Wenn das stimmte, war ich in der Heimstatt ganz sicher nicht zu Hause.

»Kann ich dir helfen?« Ein Gesicht lächelte mich über das Empfangspult hinweg an.

Bis zur Mittagspause hatte ich sämtliche Anweisungen erhalten, eine Besichtigungstour durch das ganze Heim und eine lebhafte Beschreibung der einzelnen

Stockwerke hinter mich gebracht. »Pastellfarben und schöne Tapeten in allen Räumen. Tage voller Aktivitäten. Viel Platz für Kostbarkeiten und spezielle Dinge. Appartements für Dauergäste.«

Voll gestopft mit Anweisungen nahm ich meinen Zeitschriften- und Bücherwagen und machte mich auf den Weg durch den Rosenholz-Flügel zum Sonnenschein-Raum.

»Ich heiße Marti. Möchten Sie ein Buch? Oder lieber eine Zeitschrift?«, fragte ich die erste Frau, die ich sah.

Sie starrte aus dem Fenster. Ohne mich anzusehen, erwiderte sie: »Ich möchte keine Zeitschrift, ich möchte nach Hause.«

Ich schob meinen Wagen weiter.

Da ich jeden fragen sollte, ging ich auf eine weitere Bewohnerin zu, die untätig da saß. Ich beschloss, meine Verkaufstaktik zu ändern. »Welches Buch möchten Sie lesen?«, fragte ich, und zog drei Bücher aus dem Stapel und hielt sie ihr hin.

»Ich weiß es nicht«, sagte sie mit einer Stimme, die nicht so klang, als wäre sie in letzter Zeit benutzt worden.

»Vielleicht haben Sie ja ein Lieblingsbuch oder einen Lieblingsschriftsteller. Wenn ich das Buch nicht dabei habe, kann ich es Ihnen aus der Bücherei besorgen.«

»Ich hatte nie Zeit zum Lesen. Jetzt habe ich Zeit, aber die Worte bedeuten mir nicht viel.«

Da sie zumindest ein wenig interessiert schien, fuhr ich entsprechend meinen Anweisungen fort: »Wenn Sie sich jetzt ein Buch wünschen könnten, für welches würden Sie sich entscheiden?«

Sie schloss die Augen und lächelte. »Black Beauty, eine wunderschöne Geschichte von einem sprechenden Pferd.«

»Ich fürchte, das habe ich nicht«, sagte ich.

»Das Pferd kann auch denken«, sagte sie. »Das Buch ist so lebensnah.«

»Vielleicht kann ich es für Sie besorgen«, sagte ich. »Ich schau mal in der Bücherei nach.«

Bei diesem ersten Durchgang wurde ich kein Buch und auch keine Zeitschrift los, obwohl ich sämtliche Flügel und auch den Aufenthaltsraum abgeklappert hatte.

»Sie haben es lieber, wenn Marvia mit ihrem Bus kommt und sie runter in die Bücherei fährt. Sie liest ihnen entweder was vor oder lässt sie vorlesen, was sie selbst geschrieben haben«, teilte mir die Büroangestellte mit.

Da ich gegen solche Konkurrenz keine Chance hatte, parkte ich meinen Bücherwagen und machte mich auf den Weg zur Küche, um beim Austragen der Essenstabletts zu helfen. Essen wurde man leichter los als Bücher.

Einige Tage später fand ich Elvas Appartement. Dass es ihr Appartement war, erkannte ich an dem Foto, das, wie in der Heimstatt üblich, am Eingang über dem Namen der Bewohner hing. Das sollte es den alten Leuten wohl leichter machen, ihr Zimmer zu finden. Die Tür stand offen, als ich klopfte. Niemand antwortete. Ich ging trotzdem hinein, weil ich an diesem Morgen den Auftrag hatte, frische Handtücher zu bringen.

Ihr Zimmer unterschied sich von den anderen, die ich bisher gesehen hatte. Erstens lag es im »Pensionsflügel«. Das bedeutete, dass sie freiwillig hier wohnte und nicht weil sie musste. Sie wohnte allein, obwohl der Platz für zwei gereicht hätte. Der Hauptunterschied bestand aber darin, dass ihre Wohnung nicht überladen war. Die meisten hatten alles mitgebracht, was sich nur irgendwie unterbringen ließ. Die Zimmer waren mit Sesseln, Schemeln, Stehlampen, Tischlampen und Tischen voll gestopft. Auf jedem freien Fleck lagen gehäkelte Deckchen.

In Elvas Appartement war alles anders. Zwei schmale Lederstühle, die schlank aber gemütlich wirkten, das restliche Mobiliar aus weichem hellen Holz. Weit und breit kein Zierdeckchen, dafür auf einem breiten

Schreibtisch ein PC und ein Drucker, besser als alles, was wir in der Schule hatten.

Ich tauschte die Handtücher aus und ging, bevor ich in Versuchung kam, den PC einzuschalten und nachzusehen, was auf dem Bildschirm erscheinen würde.

Erst am nächsten Tag bekam ich Elva zu Gesicht. Sie saß allein im Aufenthaltsraum und las Zeitung. Ich ging zu ihr und sagte: »Mrs Beals, wissen Sie, wer ich bin?«

Sie ließ die Zeitung sinken und schaute mich über den Rand ihrer Lesebrille hinweg an. »Nein, meine Liebe, aber fragen Sie doch eine der Schwestern, vielleicht wissen die es.«

Mir war nicht klar, ob sie sich über mich lustig machen wollte oder einfach senil war, und das konnte man meinem Gesicht wohl ansehen, denn sie faltete die Zeitung zusammen und lehnte sich vor.

»Natürlich weiß ich, wer du bist, Marti. Und selbst wenn ich dich nicht erkannt hätte, müsste ich schon taub sein, um nicht mitbekommen zu haben, dass du für eine Weile hier arbeitest. Selbst die kleinsten Veränderungen sprechen sich ziemlich schnell herum.« Sie lachte glucksend und fuhr dann fort: »Fast so schnell, wie sich in LaMond Neuigkeiten verbreiten.«

»Was für Neuigkeiten?«, fragte ich. Ich tat lässig, spürte aber, wie mein Gesicht rot anlief. Wenn schon hier jeder von Moms großem Auftritt wusste, dann wusste es auch die ganze Stadt.

»Von deinen Chancen, im nächsten Jahr Top-Scorerin zu werden. Davon, dass Sarah Irvine beim Miss-Teenage-Wettbewerb gewonnen hat und die Barnes-Tochter Zweite geworden ist. Armes Kind.« Wieder ließ sie ihr glucksendes Lachen hören, dann fügte sie hinzu: »Natürlich alle Anerkennung für Sarah.«

Ich sank auf einen leeren Stuhl. »Anerkennung für Sarah?«,

»Nun, vielleicht nicht für ihren Vortrag, aber sicherlich dafür, dass sie das richtige Gedicht gewählt hat.«

»Sie kennen Sarah?« Ich kam mir langsam vor wie ein Fragezeichen.

»Natürlich. Sie ist zu mir gekommen, um mich für einen Aufsatz, den sie über LaMond schreiben musste, auszufragen. Wir haben uns sofort gut verstanden. Jetzt kommt sie manchmal vorbei, um sich mit mir zu unterhalten. Sie ist eine nette junge Dame und hat dich sehr gern.«

»Wir sind in derselben Klasse«, begann ich. »Außerdem spielt sie auch Basketball.«

»Dann solltet ihr Freundinnen werden. Ihr habt so viele Gemeinsamkeiten. Das Risiko lohnt sich.«

»Was für ein Risiko?«

»Das Risiko, das eigene Spiegelbild in neuen Augen

zu sehen.« Sie lachte leise. »So etwas passiert selten in LaMond.«

»Da haben Sie wohl recht«, sagte ich. Ich hatte keinen blassen Schimmer, was sie meinte.

»Freunde zu haben ist so wichtig. Sie werden immer weniger, je älter man wird, weißt du.« Sie schaute aus dem Fenster, das auf den Parkplatz hinausging. »Ich wusste, dass ich eines Tages alt werden würde, nur dass es so schnell gehen würde, hätte ich nicht gedacht.«

Sie schwieg, um mir Gelegenheit zu geben, etwas zu sagen, aber mehr als ein »Oh?« brachte ich nicht heraus.

Ich verstand das alles nicht. Wer lebte, wurde schließlich zwangsläufig älter – etwas, worauf ich mich freute.

Ich überlegte krampfhaft, was ich sagen könnte, als Darla, die Frau vom Empfang, auf uns zukam und lächelnd mit einem Umschlag wedelte. Ich war sehr froh, dass sie auftauchte.

»Tut mir Leid, dass ich störe, Elva, aber ich weiß, dass Sie auf das hier gewartet haben. Es ist von einer der Zeitschriften, für die Sie schreiben, und heute Morgen ist es irgendwie nicht in Ihrem Fach gelandet. Marti, Hannah aus der Hauswirtschaftsabteilung möchte kurz mit dir sprechen.«

Ich verabschiedete mich von Elva und floh mit dem Gedanken, dass Sarah selbst in der Heimstatt allgegenwärtig war.

Obwohl ich eigentlich sicher war, dass jeder in La-Mond von Moms großem Auftritt wusste, kam ich zu dem Schluss, dass ich mich getäuscht haben musste, weil niemand darüber sprach. Ich hörte sogar auf, mir Gedanken über unsere drängenden Geldprobleme zu machen, als Mom mich daran erinnerte, dass sie in den letzten zwei Jahren keinen Urlaub mehr gemacht hatte. Barney schuldete ihr also noch vier volle Wochengehälter, ob sie nun kündigte oder nicht.

Die Tage wurden zur Routine, was bequem, aber auch langweilig war. Ich joggte jeden Morgen vor dem Frühstück, dann machte ich eine Stunde lang Wurftraining, duschte mich und zog mich für meinen Job an. Wenn ich nachmittags nach Hause kam, erwartete mich Mom mit einem kalten Getränk und immer mal wieder mit einem Teller frisch gebackener Plätzchen.

»Was gibt's Neues in der Heimstatt?«, fragte sie.

Es gab immer eine Geschichte zu erzählen.

»Heute waren es die Cronks«, begann ich. »John und Alice. Sie bewohnen zusammen ein Zimmer im zweiten Stock, das einzige Ehepaar in der Heimstatt. Beide saßen im Rollstuhl und unterhielten sich miteinander, während ich das Zimmer in Ordnung brachte. Alice muss eingedöst sein, weil sie plötzlich sagte: ›Ich bin am Ende. Den ganzen Morgen habe ich damit verbracht, das Haus zu putzen, Brot zu backen, die Wäsche zu machen und im Garten zu arbeiten. Ich bin fix und fertig.‹ Ich fragte mich, was ihr Mann wohl dazu sagen würde. Er tätschelte ihre Hand und sagte: ›Alice, du kannst nicht erschöpft sein, weil du die ganze Arbeit gar nicht gemacht hast. Weißt du nicht? Wir wohnen in der Heimstatt. Wir wohnen schon seit fünf Jahren nicht mehr in unserem Haus.‹ Alice schüttelte den Kopf und wiederholte, wie erschöpft sie von der ganzen Arbeit sei. Er war eine ganze Weile still, aber als ich gerade ging, lehnte er sich zu ihr hinüber und fragte sie: ›Hast du heute Morgen die Katze rausgelassen und den Thermostat hochgedreht?‹«

Mom war ein großartiges Publikum. Es kam immer eine Reaktion auf das, was ich ihr erzählte, manchmal ein Lachen und manchmal ein trauriges Kopfschütteln. Sie machte sich wohl meinetwegen Sorgen, denn dieses Mal sagte sie: »Du hast in diesem Sommer nicht viel Abwechslung, Marti, stimmt's? Nichts als joggen, Körbe werfen und arbeiten.«

Sie hatte Recht, trotzdem versuchte ich, sie aufzumuntern. »Was soll ich denn sonst machen? Muffie ist mit ihrer Familie in Urlaub gefahren und alle anderen haben Jobs. Außerdem fängt bald das Basketball-Camp an und das macht immer Spaß.«

Als ich am nächsten Nachmittag auf dem Weg nach Hause war, dachte ich an das Camp, aber mit Spaß hatten meine Gedanken nichts zu tun. Ich hatte noch genau eine Saison Zeit, um ein Sportstipendium zu gewinnen, das mich durchs College bringen würde. Im letzten Jahr hatte es unser Team bis zur Regionalmeisterschaft geschafft, aber bei der Endausscheidung für die Ohio-Meisterschaft waren wir rausgefallen. Ich hatte gut gespielt und genug Körbe erzielt, um mir auf den Sportseiten einige Schlagzeilen und Gespräche mit den Trainern zweier Universitäten zu verdienen.

Alles hing davon ab, wie gut wir in der kommenden Saison spielen würden. Über *meine* Leistung auf dem Feld machte ich mir keine Sorgen, aber wie das Team spielen würde, war eine ganz andere Frage.

Ich wäre fast an dem am Bordstein parkenden Pickup vorbeigelaufen, als dessen Hupe ertönte und Jason mir durch das offene Fenster zurief: »He, Marti, komm, hüpf rein. Chaz meint, Spaß und Spiele seien angesagt.«

»Ich bin dabei«, sagte ich und grinste ihn an. »Für Spiele bin ich nicht in der Stimmung, aber ein bisschen Spaß könnte ich gebrauchen.« Es gab Zeiten, da konnte ich Muffies Besessenheit verstehen. Jasons Lächeln konnte das Eis im Lake Ulmer zum Schmelzen bringen.

Chaz hatte die Tür für mich geöffnet, als ich um das Heck des Trucks herumgeflitzt kam. Ich war schon mit einem Fuß im Fahrerhaus, als ich merkte, dass da nicht nur zwei, sondern drei drin waren.

Sarah saß zwischen den beiden und lächelte mich an.

»Komm schon, Marti, kletter rein.« Chaz rutschte näher an Sarah heran.

»Ist das legal?«, fragte ich, als ich die Tür schloss. »Wo sind die Sicherheitsgurte?«

»Hier.« Chaz zog einen Gurt herunter. »Nimm den hier. Sarah und ich nehmen diesen.« Er zog den Mittelgurt über Sarahs und seinen Schoß und ließ ihn in die Verriegelung neben sich einklicken.

»Was steht auf dem Programm?«, fragte ich Sarah.

»Eine verspätete Besichtigungstour«, sagte Jason und fuhr los.

»Eine Kleinigkeit, die wir unserer Chemielaborpartnerin versprochen haben, bevor das Schuljahr zu Ende ist«, ergänzte Chaz.

Sarah lachte, als wäre der Witz ganz speziell für sie.

»Weißt du, Marti, unser letztes Projekt bestand darin, das Wasser von einem ›Ablauf‹ zu testen …«

»Von einer Schweineverwahrungsanstalt …« unterbrach sie Chaz.

»Und Sarahs bisheriger Bildungsweg hat sie noch nie an einer Schweineverwahrungsanstalt vorbeigeführt«, schloss Jason ab.

»Also haben sie versprochen, mir so eine zu zeigen. Super, dass du mitkommst.« Es klang, als meinte sie es.

»Interessierst du dich für Mastschweine?«, fragte ich.

»Ich weiß nicht, ich bin noch nie einem begegnet.« Sie lächelte mich wieder an. Für die Arbeit in der Heimstatt hätte sie sich bestens geeignet.

»Der ideale Nachmittag für so etwas«, sagte Chaz zu mir. »Ideales Schweinewetter.«

Er hatte Recht. Es waren sicher über dreißig Grad, und die Luftfeuchtigkeit war entsprechend. Der Wind blies wie verrückt von Süden. Sarah stand ein einmaliges Sinneserlebnis bevor.

Wir fuhren die Straße am Seeufer entlang, bogen dann ab und fuhren auf Kieswegen durch landwirtschaftlich genutztes Gebiet. Wir holperten zwischen Mais- und Bohnenfeldern entlang und zogen eine Staubwolke hinter uns her.

»Ich werde direkt draufzuhalten«, sagte Jason, »damit du die volle Wirkung mitbekommst.« Wir bogen in einen Weg, der durch ein Luzernenfeld führte.

Plötzlich war die Luft schwer von einem Gestank erfüllt, der den Truck wie eine Decke umhüllte.

»Wir kommen näher«, sagte Chaz. »Schon gemerkt?«

»Ich kann dich nicht hören!«, schrie Sarah. Es klang, als würde sie durch den Mund atmen. »Der Gestank verklebt mir die Ohren.«

Ich lachte. »Nach ein paar Minuten merkst du nichts mehr davon. Der Gestank sickert dir irgendwie durch die Haut und wird ein Teil von dir.«

Jason hielt den Truck an und wir kletterten hinaus, damit Sarah sich umsehen konnte. Viel zu sehen gab es allerdings nicht, nur lange, flache Gebäude mit hunderten von Schweinen, die man nicht sehen, dafür umso besser riechen konnte. Der Höhepunkt unserer Besichtigung bestand darin, dass Jason ihr den Schweineschlamm-Teich und die Anlage zeigte, die den Schlamm absaugte, damit er als Dünger für die Felder verwendet werden konnte.

Es war idiotisch – wir vier mitten in einer Schweinemastanlage, deren Gestank uns fast erstickte, aber Sarah schien es zu gefallen. Sie hatte Millionen von Fragen, von denen einige selbst Chaz nicht beantworten konnte, sodass Jason und ich wilde Spekulationen anstellten. Ich hätte Sarah fast davon überzeugt, dass es sich bei den Spatzen, die um die Gebäude herumschwirrten, in Wirklichkeit um ganz spezielle Vögel handelte, die doppelbrüstige Seersucker hießen und ausschließlich in Schweineställen lebten.

Wir lachten, als wir wieder in den Truck kletterten und uns auf den Rückweg nach LaMond machten. Alles war ganz locker, vielleicht weil Sarah die Typen so behandelte, wie ich es tat – wie Kumpel, nicht wie Körper. Wenn Muffie das könnte, hätte sie bei Jason vielleicht bessere Chancen. Ich unterdrückte den Gedanken blitzschnell, in Muffies Augen wäre er Verrat gewesen.

Als Jason sagte: »Wie wär's mit 'ner Coke? Chaz bezahlt«, waren Sarah und ich sofort einverstanden. Als er den Truck auf den Parkplatz des Sail-Inn lenkte, wäre ich am liebsten gestorben. Das Sail-Inn war der letzte Ort in LaMond, an dem ich mich aufhalten wollte – schon gar nicht mit Sarah Irvine.

Doch es gab keine Möglichkeit, das Ganze noch abzubiegen, es sei denn, ich hätte mir beim Aussteigen den Knöchel gebrochen. Ich bemühte mich, ganz unauffällig zu sein, als ich den anderen durch die Tür folgte, was bei meiner Größe aber schwierig ist. Jason glitt in eine Nische, Chaz setzte sich neben ihn. Sarah und ich teilten uns die andere Tischseite. Bis auf Verda, die aus dem Urlaub zurück war und Moms Schicht übernommen hatte, und Bud Newby, der auf seinem Stammplatz an der Theke saß, war das Sail-Inn leer.

Verda machte sich nicht die Mühe, zu uns rüber zu kommen. Sie rief nur: »Was darf's denn sein, Kinder?«

»Vier kleine Colas«, rief Jason zurück. »Chaz gibt einen aus, und der ist knickerig.«

»Wie gefällt dir die Arbeit in der Heimstatt?«, fragte Sarah. Es klang, als hätte ich mir die Arbeit ausgesucht.

»Für eine Weile ist es ganz okay«, sagte ich und schaute aus den Augenwinkeln zu Bud Newby hinüber. »Zuerst war ich mir nicht so sicher, aber die Leute, die da wohnen, sind genauso wie alle anderen, irgendwie sind sie’s sogar noch ein bisschen mehr.«

Sarah nickte. »Elva sagt, ihr größtes Problem sei, dass sie manchmal vergessen, sich an das zu erinnern, was sie vergessen haben. Du hast sonntags wohl frei, ich hab dich noch nie dort gesehen.«

»Besuchst du Elva jedes Wochenende?« Ich konnte mir nicht vorstellen, über was die beiden die ganze Zeit sprachen.

Bevor sie antworten konnte, kam Verda mit unseren Getränken. Ich dachte, sie würde mich wegen Moms Abgang ansprechen, stattdessen sagte sie: »Hier ist deine Bestellung, großer Spender. Marti, grüß deine Mom von mir.«

Dann fingen Jason und Chaz an, von *ihren* Sommerjobs zu erzählen. Sie stritten sich, wer von ihnen für die wenigste Arbeit besser bezahlt würde und wer den dümmsten Boss hätte. Sarah und ich stimmten für Jason, der bei einer örtlichen Popcornfirma arbeitete. Sein Job bestand darin, den Lift zu bedienen, mit dem der Mann, der die Fabrikgebäude anstrich, rauf und runter fuhr. Einmal, als der Typ gerade im ersten Stock war, war Jason eingedöst und erst wieder wach geworden, als ihn ein Pinsel am Kopf traf.

Die Abstimmung hatte zur Folge, dass Jason die Colas bezahlen musste, nicht Chaz.

Als wir rausgingen, sah Bud Newby von seinem Platz an der Theke auf, schob sich die Kappe ins Genick und sagte: »Hi, Jason. Chaz.« Sarah und mich übersah er, als existierten wir überhaupt nicht.

Die beiden Typen entschlossen sich, ihr Geld an irgendwelche Rubbellose zu verschwenden. Weil sie noch nicht volljährig waren, blieben sie stehen und überredeten Bud, die Lose für sie zu kaufen. Sarah und ich gingen raus und lehnten uns an den Truck.

»Was hast du seit dem Sommerfest gemacht?« Ich hätte ihr wohl zu ihrem Sieg beim Wettbewerb gratulieren müssen, hatte aber nicht gleich dran gedacht, und jetzt wär's mir unecht vorgekommen.

»Ich hab im Laden ausgeholfen«, sagte sie. »Wir haben jemanden für den ganzen Tag gebraucht, weil Dad so oft unterwegs ist. Grandma zieht in ein Altenheim, Dad kümmert sich um den Verkauf ihres Hauses und ihres Geschäfts und so. Ich bin für ihn eingesprungen und hab versucht, mir die Anzahlung für ein Auto zu verdienen.«

Ich war überrascht. Sarah wirkte auf mich nicht wie jemand, der für irgendetwas arbeiten muss. Ich war davon ausgegangen, dass sie nur was zu sagen brauchte, wenn sie ein Auto haben wollte. »Und, wie läuft's so?«

Sie sah mich an, als hätte ich was Überraschendes gesagt. »Es ist vorbei«, sagte sie. »Ich war nur kurz als Teilzeitkraft da und seit deine Mom ...«

»Meine Mom?«

»Klar. Sie kam heute Morgen rein und sagte, dass sie an einem Job interessiert wäre. Nicht an meinem, an einem richtigen, an dem, für den wir bisher noch niemanden gefunden haben.« Sie sprach immer langsamer, dann schwieg sie. Schließlich sagte sie: »Du hast sie heute wohl noch nicht gesehen. Tut mir Leid. Kannst du vielleicht so tun, als wärst du überrascht, wenn sie's dir sagt?«

Ich atmete tief und langsam ein. »Ja sicher, Sarah, mach ich.«

Jason und Chaz tauchten auf, bevor ich noch etwas sagen musste. Jason hatte fünf Dollar gewonnen, unsere Colas hatten ihn nun also doch nichts gekostet.

Sie setzten mich vor unserem Haus ab und ich winkte ihnen nach, als sie wegfuhren. Ich staunte, wie manche Familien einfach in eine Stadt kommen und alles verändern. Mom hatte wegen den Irvines ihren Job aufgegeben und jetzt arbeitete sie für sie. Mir wäre es lieber gewesen, wenn alles so geblieben wäre wie vorher.

LaMond war an Veränderungen nicht gewöhnt und als an einem Morgen um neun Uhr die Mittagssirene losging, wussten alle, dass entweder ein Tornado drohte oder jemand ertrunken war, ein Autounfall passiert war oder jemand eine Herzattacke bekommen hatte. Ich absolvierte gerade die letzten Meter meines Morgenlaufs, als die Leute aus den Läden nach draußen stürzten und die Straße rauf und runter schauten. Nach wenigen Minuten raste Boots McCook, der Sheriff unseres Bezirks, mit gellender Sirene heran und kam vor der Stadtbücherei schlitternd zum Stehen, wo Jason und Chaz schon auf ihn warteten.

»Was ist passiert?«, schrie ich über den Lärm der Menge hinweg.

»Jemand hat die Puppen gestohlen«, sagte Jason, als ich zu ihm hinrannte.

»Die Bébé Jumeau?«,

»Die und ein halbes Dutzend andere«, erklärte Chaz.

»Aber sie ist doch so viel wert wie …«, begann ich.

»Wie die Anzahlung für ein Auto?« Jason schüttelte den Kopf. »Warum hab ich nicht gleich daran gedacht?«

»Weil du zu schlau bist, um einen solchen Blödsinn zu denken. Wer hat's entdeckt?«

»Elva Beals. Sie hat heute Morgen Marvia vertreten.« Chaz war als Informationsquelle unschlagbar.

»Woher weißt du das alles?«, wollte ich wissen.

»Weil ich gefragt hab.«

Wie alle anderen Bewohner der Stadt, so tauchte auch Muffie auf. Ich hatte gar nicht gewusst, dass sie aus dem Urlaub zurück war. »Wir werden im Fernsehen kommen«, sagte sie atemlos. »Vielleicht in ›Ungelöste Rätsel‹.«

Boots McCook verschwand in der Bücherei, während Bud Newby, sein zeitweiliger Hilfssheriff, ein gelbes Plastikband über den Rasen spannte. »Zurücktreten, bitte. Dies ist ein Tatort.«

Chaz wandte sich zu mir und sagte in gequältem Falsetto: »Fühlst du dich in LaMond auch so sicher, wenn Bud Hilfssheriff ist?«

»Bud hat noch nie was mit einem Verbrechen zu tun gehabt«, sagte Jason. »Er ist immer nur dann Hilfssheriff, wenn McCook eine Woche zum Angeln nach Minnesota fährt.«

Bud ließ das gelbe Plastikband im Wind flattern und verschwand in der Bücherei.

»Was macht der da?«, wollte Muffie wissen.

»Er klärt das Verbrechen auf!«, sagte Chaz. Er hatte gerade seinen Satz beendet, als Bud wieder auftauchte. Er führte Elva Beals die Stufen hinunter, half ihr in seinen Pick-up und fuhr in Richtung Rathaus.

»Sie stecken sie ins Gefängnis!«, keuchte Muffie. »Wir kommen alle ins Fernsehen, im ganzen Staat. Bibliothekarin beklaut Bücherei!«

Ich überlegte, ob ich ihr sagen sollte, dass Banker gelegentlich Banken ausrauben.

»Elva würde nicht einmal ein Lesezeichen stehlen«, sagte Jason und ließ seinen Blick über die Menge wandern. Ich wusste, wen er suchte. Sie war nicht da.

Am Abend hingen in der Stadt Plakate, auf denen eine Belohnung von fünhundert Dollar versprochen wurde und gut sichtbar darunter die Namen der Geschäfte, die das Geld gespendet hatten. Die meisten hatten fünfundzwanzig Dollar gegeben, Handy Harry hundert Dollar.

» Angeber«, sagte Bud Newby zu jedem, der es hören wollte, während er die Plakate an sämtliche verfügbaren Pfosten der Stadt klebte.

Am nächsten Tag lud der Sheriff alle zu einer Vernehmung vor, die in den letzten Tagen in der Bibliothek gewesen waren: Muffie, die sich ihre Ration romantische Schauerromane besorgt hatte; Chaz, der sich die neuesten Cartoons im »New-Yorker« anschauen musste; Jason, der reingegangen war, um zu sehen, ob Sarah da war; ich auf der Suche nach Büchern, die das Interesse der Leute in der Heimstatt finden könnten.

Dazu kamen einige Mitglieder von Moms Atheneum-Gesellschaft, die bei ihrer nächsten Sitzung ein Programm präsentieren mussten, und ein Haufen kleiner Kinder, die wegen Marvias Lesestunde gekommen waren.

Ich fand's schrecklich, zu einem Verbrechen befragt zu werden, aber das Schlimmste waren die verrückten Verdächtigungen.

»Das war garantiert ein Insider.« Muffie klang, als gehörte sie zum Team von ›XY … ungeklärt‹.

»Woher willst du denn das wissen?«, fragte ich.

»Keine Fingerabdrücke, die Scheiben am Schaukasten nicht zerbrochen.«

»Warum denn auch? Der Schaukasten ist doch nicht verschlossen.«

»Das war jemand, der Geld braucht«, sagte Muffie. »Jemand, der oft in der Bibliothek ist.«

»Wer zum Beispiel?«

Wir standen vor dem Büro des Bürgermeisters und warteten auf Chaz, der gerade vernommen wurde.

»Weiß ich noch nicht. Da kommt Chaz, Jason ist als Nächster dran. Wo ist er denn?«

Ich drehte mich, schaute die Rose Road hoch und sah etwas Glänzendes, Blaues aufblitzen. Das Auto, ein Kabrio, fuhr den Hügel herunter, bog in die Main Street ein und kam am Bordstein zum Stehen.

»Oh!«, keuchte Muffie. »Ich kann gar nicht hingucken.«

Ich konnte. Hinter dem Steuer saß Sarah, neben ihr

Jason, der, ohne die Tür zu öffnen, aus dem Wagen sprang, und auf uns zuschlenderte.

»Sind sie für mich bereit?«, fragte er, während Sarah mit einem halben Winken in unsere Richtung davonfuhr.

»Noch nicht so ganz«, sagte ich. »Seit wann hat Sarah den Wagen?«

»Seit heute Morgen. Hat erst dreißigtausend Kilometer drauf.«

Muffie warf mir ihren Hab-ich-dir's-nicht-gesagt-Blick zu, wobei ihre Augenbrauen fast unter ihrem Haaransatz verschwanden. »Und wann kommt *sie* dran?« Muffie vermied es nach wie vor, Sarahs Namen zu erwähnen.

»Sarah war schon dran. Sie war die Erste heute. Ich bin der Letzte.« Mir fiel auf, dass Jason *immer* Sarahs Namen sagte. »Was wollten sie denn alles wissen?«

Er sah Muffie an, aber sie antwortete nicht. Chaz sprang ein. »Sie wollen nur wissen, was ihr in den letzten Tagen in der Bibliothek genau gemacht habt – wann, warum und all das.«

»Einfach. Ich war nur einmal drin, mit Sarah, und das hat sie ihnen schon erzählt.«

Das gab Muffie den Rest. »Ich muss los.«

»Wohin?« Jason war entweder unschuldig oder begriffsstutzig.

»Nach Hause. Mom hat gesagt, ich kann heute Nachmittag ihren Wagen haben. Marti und ich fahren nach Marietta hoch – zum Einkaufen. Du kommst doch mit, Marti, oder?«

»Ich denke schon«, sagte ich widerstrebend. Einkaufen war für Muffie wie ein Schnuller. Ich wusste, dass wir jedes Bekleidungsgeschäft der Stadt heimsuchen und Muffie mit Tüten voller Klamotten rauskommen würde, die ich dann tragen musste.

»Sie hat sich wirklich einen merkwürdigen Augenblick ausgesucht, um hier mit einem neuen Wagen aufzukreuzen«, meinte Muffie und sah Jason direkt ins Gesicht.

»Wer? Sarah? Reiner Zufall.« Er sprach nicht weiter, dann wandte er sich uns zu und sagte: »He, ihr denkt doch nicht etwa …?«

»Es muss jemand von außerhalb gewesen sein«, schaltete ich mich ein. »Keiner in LaMond würde so was tun. Diese Puppen haben seit Jahren da gestanden und keiner hat sie angerührt.«

In diesem Augenblick kam eine Frau aus dem Büro des Bürgermeisters und gab Jason ein Zeichen, zur Vernehmung zu kommen. »Warte auf mich, Muffie«, sagte er. »Verschieb das mit dem Einkaufen. Wir gehen ins Sail-Inn und essen was Gutes. Ich bezahl auch.«

Muffie lächelte wie einer der Smilie-Buttons, die wir

in der Heimstatt tragen mussten. Chaz sah mich an, dann setzte er sich in Bewegung. Ich folgte ihm.

»Weißt du was«, sagte Chaz und fuhr sich mit der Hand durch die Haare. »Wenn Muffie Jason sieht, fließt ihr Blut so schnell, dass für ihr Gehirn nichts mehr übrig bleibt.«

»Immerhin muss ich nun nicht mit ihr zum Einkaufen.« Wir bogen von der Main Street ab und gingen in Richtung Stadtpark.

Keiner von uns sagte etwas, aber manchmal spürt man, wenn etwas darauf wartet, gesagt zu werden.

Chaz runzelte die Stirn und schabte mit seinem Turnschuh an einem Stein. »Kann ich dich mal was fragen?«

»Klar.« Was hätte ich sonst sagen sollen?

»Sagst du mir die Wahrheit?«

»Vielleicht.« Mir war klar, dass mir die nächste Frage nicht gefallen würde.

»Was haben Muffie und du und der Rest eigentlich gegen Sarah?«

Ich wusste nicht, was ich sagen sollte. »Wie meinst du das?«, fragte ich ausweichend und versuchte, mir Worte einfallen zu lassen, mit denen ich etwas erklären konnte, was ich selbst nicht verstand.

»Ihr seid nie mit ihr zusammen. Sie ist ständig allein.«

»Kann sein, dass wir nie mit ihr zusammen sind, wir

ignorieren sie aber auch nicht. Außerdem, es ist Sommer. Schon vergessen? Alle arbeiten oder sind in Ferien oder sonst wo.« Es war eine blöde Antwort, und ich wusste, das es nicht das war, was er meinte.

Wir setzten uns an einen der Picknicktische. Chaz wischte ein paar Krümel und eine Reihe von Ameisen weg und stützte sich mit beiden Ellbogen auf den Tisch.

»Außerdem ist es nicht ganz einfach, mit ihr warm zu werden«, versuchte ich es noch einmal.

»Weil sie Jüdin ist?«

»Das hab ich nicht gesagt!«

»Ich dachte, ich hätte so was gehört.«

Fast wäre ich aufgesprungen und weggegangen. Dass ich ihn nicht allein da sitzen ließ, hatte wohl damit zu tun, dass er Fragen in Worte fasste, die ich mir bisher nicht zu stellen gewagt hatte.

»Hör mal«, fuhr er fort. »Meine Familie kommt aus Schweden, deine aus Irland, Sarahs ist jüdisch.«

»Ich glaube nicht, dass man das so sagen kann«, gab ich zurück. »Schließlich gibt es polnische und deutsche und französische und russische Juden. Es ist mehr eine Religion.«

»Ich bin Methodist, du bist Presbyterianerin. Sarah ist Jüdin. Und?«

Chaz schaffte es immer, mich in eine Ecke zu drängen. »Na ja, vielleicht ist es keine Frage der Nationalität oder der Religion, vielleicht hat es was mit Kultur zu tun.« Die Worte stammten direkt aus Mr Hawleys Themenstellung für den Aufsatz. »Auf jeden Fall ist sie anders.«

»Anders als wer?« Chaz sah mich überrascht an, als wäre ich es, die die Puppen aus der Bücherei gestohlen hatte. »Du meinst, als der Rest der Leute hier? Du meinst, wir sind alle gleich? Deine Mutter und Bud Newby sind gleich? Oder Elva Beals und Mr Barnes? Denk doch mal nach!«

Dazu fiel mir nichts ein.

»Die Leute hier haben keine Probleme mit der Kultur noch der Religion oder der Nationalität«, fuhr Chaz fort.

»Mit was dann?«

»Mit ihrer Dummheit. Und Dummheit ist keine Entschuldigung.«

»Es wird besser, wenn wieder Basketball gespielt wird. Sie kommt bestimmt ins Team und dann werden sie alle den ganzen anderen Kram vergessen.« Es war einfacher auszusprechen, wenn ich mich selbst nicht einschloss.

»Darauf würde ich mich nicht verlassen. Was du Kram nennst, ist überall – wie die Umweltverschmutzung.«

5

Die verschwundenen Puppen waren in der folgenden Woche nicht mal unserer Bezirkszeitung eine Meldung wert. LaMond ging zur Tagesordnung über, während Boots McCook zusammenfasste, was alle außer Marvia und Elva dachten: »Schließlich waren es nur ein paar Puppen. Was anderes, wenn es die Bank gewesen wäre.«

Es war wieder einmal heißer und schwül, einer von den Tagen, an denen die Klimaanlage in der Heimstatt statt einer kühlen Brise Dampfwolken ausspuckte. Ich hielt mich nach der Arbeit nur so lange zu Hause auf, wie ich brauchte, um mir einen Badeanzug anzuziehen, dann ging ich zum Strand. Selbst das Wasser war lauwarm, als ich zum Sprungturm hinausschwamm.

Als ich hinaufkletterte, sah ich Jason und Chaz. Sie lagen auf dem Floß, das in der Bucht verankert war. Auf den ersten Blick dachte ich, Muffie läge zwischen ihnen. Als sie sich umdrehte, war es Sarah in einem knappen Zweiteiler, der mir eindeutig zu klein gewesen wäre.

Ich sprang ins Wasser und schwamm zum Floß rüber.

»Manche arbeiten, manche spielen«, sagte Chaz, als er mir auf das Floß half. Sie wirkten, als hätten sie sich für den Nachmittag häuslich niedergelassen.

»Stimmt«, sagte ich. »Manche schuften, andere machen Picknick.«

»Toll!« Sarah machte mir auf ihrem Handtuch Platz. »Marti, du bist ein Genie! Wo sollen wir's machen?«

»Wo sollen wir was machen?« Ich war gerade erst gekommen und hatte schon das Gefühl, als hätte ich einiges nachzuholen.

»Picknick.« Sie grinste mich an. »Es war deine Idee.«

Jason setzte sich auf. »Klar. Chaz und ich besorgen was Flüssiges und ihr zwei kümmert euch um das Futter.«

»Wir gehen zum Schlachtfeld«, sagte Chaz, »und picknicken am Strand, und zwar genau dort, wo die Schlacht zwischen Uferschützern und Grundstückserschließern tobt.«

An der Art, wie er mich ansah, merkte ich, dass ich mich nur ja unterstehen sollte, nein zu sagen.

»Wann?«, fragte ich.

»Heute Abend«, sagten die drei wie aus einem Mund.

Also saßen wir vier an diesem Abend am Strand um ein Feuer herum, grillten Hotdogs und sahen zu, wie die Sonne hinter den Bäumen auf der anderen Seite des Sees unterging. Sarah hatte Marshmallows mitgebracht, die wir auf Weidenstöckchen spießten und ins Feuer hielten, während wir uns darüber unterhielten, wie es für Jason und Chaz auf dem College werden würde und ob es unser Basketballteam wohl bis zur Endaussscheidung um die Staatsmeisterschaft schaffen würde.

Schließlich zogen Chaz und ich das Feuer auseinander und Sarah goss Seewasser über die Glut. Es war fast dunkel, als wir zu Sarahs Auto zurückgingen.

Chaz sah es zuerst und packte meinen Arm. »Oh nein!« Seine wütende Stimme klang fremd. »Wer macht denn so was?«

Ich schaute hin. »Pass auf, dass Sarah es nicht sieht«, flüsterte ich, aber es war schon zu spät. Sie starrte über meine Schulter auf das hässliche rote Hakenkreuz, das jemand auf die Windschutzscheibe ihres Wagens gepinselt hatte.

Jason berührte einen Farbtropfen mit dem Finger. »Ist noch frisch.«

Ohne ein Wort zu sagen, öffnete Sarah die Tür und zwängte sich auf den Fahrersitz.

»So kannst du nicht fahren, du siehst ja gar nichts.«

Ich versuchte, die Farbe mit dem Ärmel meines Hemds abzuwischen, verschmierte sie aber nur.

»Ich fahre«, sagte Jason. »Wir fahren zu mir nach Hause und besorgen uns Farbentferner. Die Strecke kann ich mit verbundenen Augen fahren.«

Jason blickte über einen Arm des Hakenkreuzes hinweg, während wir schweigend zur Farm seiner Eltern fuhren.

»Willst du den Sheriff holen, bevor wir das abwischen?«, wollte Chaz wissen, als wir aus dem Wagen kletterten.

»Nein.« Sarahs Antwort klang roboterhaft. »Das würde nichts ändern.«

Wir beobachteten Jason, der mit einer Dose und einigen Lappen aus dem Schuppen kam. Er und Chaz arbeiteten, bis die Scheibe makellos sauber war.

»Ich weiß, was wir jetzt tun.« sagte Jason, als sie fertig waren. »Wir fahren nach LaMond und gondeln dort herum, bis uns alle gesehen haben.«

»Und winken allen zu«, ergänzte Chaz. »Das macht es zwar nicht ungeschehen, aber ich würde mich viel, viel besser fühlen.«

Als Sarah mich später vor unserem Haus absetzte, belog ich sie zum ersten Mal bewusst. »So etwas würde niemand von uns tun«, sagte ich. »Muss jemand aus Maple Grove oder sonst wo gewesen sein.«

Ich gab mir alle Mühe, meinen eigenen Worten zu glauben.

»Lass nur, Marti«, sagte sie. »Ich weiß, dass du es nicht warst oder Jason oder Chaz, und das ist das Einzige, was zählt. Ihr seid meine Freunde.«

Danach kam das Basketball-Camp und alle dachten nur noch an die bevorstehende Saison. Bis zum Ende der Saison im März würde an der LaMond High Basketball Platz eins belegen, die Bücher kamen erst danach.

»Hat schon mal jemand gehört, dass einer in die Schlagzeilen des ›State Herald‹ gekommen ist, weil er ein Buch gelesen hat?«, sagte Bud Newby jedes Jahr. »Basketball heißt das Spiel, das uns einen Platz auf der Landkarte sichert.«

So wie die Dinge im ersten Teil des Basketball-Camps liefen, würde es mit dem Platz auf der Landkarte wohl nichts werden. Es war mehr Krieg als Spiel, für Freundschaft war kein Platz.

Die Schlacht begann, als uns die Trainerinnen nach zwei langen Tagen, an denen wir Regeln und Grundlagen des Spiels mit 5er-Teams büffelten, in Mannschaften einteilten.

»Habt ihr die Liste gesehen?« Muffies Gesicht lief hochrot an. »Es gibt sechs Teams, und nur eins hat eine Mannschaftsführerin aus LaMond.«

»Und wer?«, fragte ich. »Liz?«

»Nein!« Ihr Hals wurde noch röter als ihr Gesicht. »Die Prinzessin.«

»Sie ist erst seit Mai hier und reißt alles an sich.« Angie war so wütend, dass sie fast in Tränen ausgebrochen wäre.

»Ist in ihrem Team jemand, den wir kennen?« Ich war mir nicht sicher, ob ich herausfinden wollte, dass ich es war.

»Ich!« fauchte Muffie. »Ich würde am liebsten zur Trainerin gehen und ihr sagen, dass ich mit Basketball aufhöre. Schlimm genug, dass sie den Miss-Teenage-Wettbewerb gewonnen hat ...«

»Ich fand's allerdings clever«, sagte Angie, »dass sie sich dieses Gedicht ausgesucht hat.«

»Clever sind die alle.« Muffie beugte sich vor. »Und sie halten zusammen. Die Irvines gehen nicht mal hier in die Kirche, sondern fahren jeden Samstag neunzig Meilen rüber nach Ute City, um mit den anderen zusammenzuhocken.«

»Außerdem sieht man ihr an, dass sie Jüdin ist.« Angie klang fast, als machte sie das glücklich.

»Wie sehen Jüdinnen denn aus?« Ich fragte mich, wo sie schon mal eine gesehen hatte.

»Weißt du's nicht? Wie die Irvines.«

Mr Irvine war groß und blond und hatte blaue Augen. Sarahs Mutter war klein und dunkelhaarig, wie Sarah – und wie Angie!

»Na ja, vielleicht sind sie ja nicht mehr lange da.« Muffie machte ein ernstes Gesicht. »Mein Dad meint, die bleiben gerade lange genug, um Geld zu machen, dann bricht ein Feuer aus, sie kassieren die Versicherungssumme und verschwinden aus der Stadt.«

Ich sagte zwar nichts, dachte aber, dass die Trainerin eigentlich auch mich zur Mannschaftsführerin hätte machen können, selbst wenn Sarah schon in 5er-Teams gespielt hatte und ich während des Trainings gesehen hatte, dass sie gut war. Es war keine große Überraschung, dass ihr Team, die »Skorpione«, alles in Grund und Boden spielte, bevor es gegen uns antreten musste. Wir hatten keinen so cleveren Namen, wir waren einfach die »Blauen«.

Nach dem ersten Viertel waren wir die Grünblauen.

Als dann das letzte Viertel begann, war ich hochrot, teils weil ich mich für die Art und Weise schämte, wie unser Team spielte, teils weil ich stinksauer auf mich selbst war, denn dadurch, dass Sarah mich deckte, machte ich nur ungefähr halb so viele Punkte wie sonst. Muffie hingegen mit ihren Brustpässen quer übers Feld, die Sarah zu einem Dreipunkter nach dem anderen versenkte, sah aus wie der zukünftige Shooting-Star des Auswahlteams für die Staatsmeisterschaft.

Als das letzte Viertel etwa fünf Minuten lief, verlangten wir eine Auszeit, um wieder zu unserem nicht existierenden Spiel zurückzufinden. Es war uns verloren gegangen, als die »Skorpione« irgendwann auf sechs Punkte davongezogen waren, ein Rückstand, dem wir seitdem hinterherliefen.

Ann, unsere Mannschaftsführerin, die okay war, obwohl sie aus Maple Grove kam, schüttelte sich den Schweiß vom Gesicht und sagte: »Wenn das ein Spiel sechs gegen sechs wär, würden wir sie vom Feld fegen.«

»Kann sein«, sagte ich. »Es ist aber keins und wer hier vom Feld gefegt wird, sind wir.«

»Was denkt ihr eigentlich, was hier gespielt wird? Krocket?« Eine der Trainerinnen kam über das Feld zu uns rüber. »Oder Flohhüpfen? Ich will mehr Aggressivität sehen. Du!« Sie deutete auf mich. »Du bist Angriffsspielerin. Weißt du, was das heißt? Du greifst an! Siehst du die Abwehrspielerin, die dich stoppen will?«

Ich schaute zu Sarah hinüber, die bereit stand, um weitere Korbwürfe von mir blocken.

»Sie ist die Feindin. Du wirst jetzt aufs Feld gehen und sie ausdribbeln, austricksen, wegdrängen und dich zu diesem Korb dort hochschrauben. Siehst du ihn? Und niemand wird dich stoppen. Ich will ein bisschen Konzentration sehen, wenn du den Ball bekommst. Verstanden?«

»Verstanden.«

Ich starrte Sarah an, die an der Mittellinie stand und darauf wartete, dass unsere Auszeit zu Ende ging. Sie wirkte ruhig und zuversichtlich. Ich konzentrierte mich auf meine Feindin.

Ann schnappte sich den Schiedsrichterball und warf mir einen Bogenpass zu. Ich dribbelte in Richtung Korb und zog an Muffie vorbei, die mit ihren Händen über dem Kopf wedelte, als wollte sie irgendein Alarmzeichen geben. Sarah versperrte mir den Weg. Ich wechselte die ballführende Hand, machte eine schnelle Drehung und spürte, wie ich sie mit dem freien Ellbogen hart traf. Als mir mit der linken Hand ein Korbleger gelang, ertönte kein Pfiff.

Unter dem Jubel meiner Mitspielerinnen drehte ich ab und raste zurück, konnte mir allerdings nicht verkneifen, Sarah anzulächeln – nicht freundschaftlich, sondern triumphierend.

Wir gewannen zwar nicht, schafften aber mit meinem letzten Wurf den Ausgleich.

»Das gefällt mir schon besser!«, schrie die Trainerin. »Wir spielen keine Verlängerung, es ist ja nur ein Trainingsspiel.«

Ich ging durch den Stadtpark und folgte dem vertrauten Weg am Ufer entlang nach Hause. Manchmal muss man wohl einfach allein sein, um zu sehen, was für ein Mensch man ist, und der Mensch, den ich zu sehen bekam, gefiel mir nicht.

Während ich mir einzureden versuchte, Sarah mit dem Ellbogen aus dem Weg zu räumen, sei gutes, aggressives Basketballgerangel, sagte mir ein anderer Teil meines Gehirns, dass sie eine oder zwei Minuten lang wirklich meine Feindin gewesen war.

Auf dem Weg zur Hintertür beschloss ich, Mom zu fragen. Sie war in solchen Sachen komisch. Manchmal hatte sie Antworten, zu denen mir noch nicht einmal die Fragen eingefallen waren. Auch diesmal hatte ich keine Chance zu fragen.

Um den Esstisch herum saßen Marvia, Elva, Sarahs Mutter und Mom. Sie sahen aus wie vor einem Montageband. Marvia nahm von einem Stapel ein Blatt Papier, faltete es, gab es Elva, die es in einen Umschlag steckte, den sie an Mrs Irvine weiterreichte, die ihn zuklebte und stempelte. Mom machte den Schluss. Sie schrieb eine Adresse drauf und ließ den Umschlag in einen neben ihr stehenden Korb fallen.

Ohne mit dem Schreiben aufzuhören, sagte Mom: »Marti, du kannst die Briefe alphabetisch sortieren und die Postleitzahl überprüfen.«

»Wofür ist das denn?«, fragte ich und staunte, wie schnell sich meine Probleme mit Basketball und Sarah unter Moms Anweisungen in Wohlgefallen auflösten.

»SCHLUSS – Schützt Lake Ulmers Seeufer und Strände«, verkündete Elva, als wäre sie tatsächlich Bürgermeisterin von LaMond. »Wir wollen die Erschließungsgesellschaft daran hindern, den Bürgern das Seeufer zu stehlen und es in eine Zeile von Bud Newbys Maistrockengestell-Häusern zu verwandeln.«

»Wir wollen Geld für eine Klage sammeln«, ergänzte Marvia, während sie im Bruchteil einer Sekunde ein weiteres Blatt faltete und auf den Stapel neben Elva legte.

»Marvia hat sich die Eigentumsurkunde mal genauer angesehen.« Elva lächelte. »Sie hat in der Formulierung etwas entdeckt, was man als schwammig bezeichnen könnte. Natürlich gehen alle, die in die Grundstückserschließung Geld gesteckt haben, davon aus, dass die Sache … wie hast du dich ausgedrückt, Marvia?«

» … in ihre Richtung gelaufen ist.«

»Also werden wir dafür sorgen, dass sie in die andere Richtung läuft.« Helen Irvine lachte. »Ich lass Sarah die Briefe morgen zur Post bringen, wenn sie zur Arbeit geht, Marge.«

Ich riss den Kopf hoch, als Sarahs Name fiel. »Wo arbeitet Sarah eigentlich?«

Mom warf mir einen kurzen Blick zu. »Sie hilft in der Bücherei aus. Wie lange schon, Marvia?«

»Seit ein paar Wochen.«

Mein Ellbogen pochte. Wie war Sarah bloß an einen solchen Sommerjob gekommen? Ich hätte viel darum gegeben, den ganzen Tag hinter der Ausgabetheke zu verbringen, statt in der Heimstatt einen Bücherwagen zu schieben oder Essenstabletts herumzutragen. Kein Wunder, dass Elva sich nie etwas von meinem Bücherwagen nahm. Wahrscheinlich ließ sie sich von Sarah immer die neuesten Bücher mitbringen.

Ich schaute auf. Elva beobachtete mich, und ich hatte das Gefühl, dass sie meine Gedanken gehört hatte. Ich kümmerte mich weiter um die Postleitzahlen und blieb dabei, bis alle für diesen Nachmittag fertig waren. Dann schleppte ich eine Kiste mit Briefen nach der anderen zu Mrs Irvines Wagen raus und verstaute sie. Bei jedem Schritt brach mir der Schweiß aus. Sarah hatte wie üblich mal wieder den leichteren Teil erwischt, selbst wenn es darum ging, Briefe zur Post zu bringen.

Ich kam niemals dazu, Mom etwas zu fragen. Wenn sie nicht bei Handy Harry arbeitete, traf sie sich mit den SCHLUSS-Frauen, die, wie ich erfuhr, nicht nur aus Mom, Elva, Marvia und Helen Irvine bestanden. Mom schrieb Leserbriefe an alle Zeitungen der Umgebung und verteilte Infos an alle Läden, die bereit waren, sie auszulegen. Es fiel mir nicht schwer, meine gemischten Gefühle Sarah gegenüber wegzudrücken.

Ich erwischte einen Rebound und versenkte ihn. Mein letzter Wurf. Es ging alles ganz leicht, weil ich nämlich in der Auffahrt allein war und gerade zwei Stunden Wurftraining hinter mich gebracht hatte. Man hätte meinen sollen, dass ich nach fünf Jahren und fast zwei Stunden täglichem Training den Korb gar nicht mehr verfehlen könnte.

»Schau auf den Korb! Zieh durch! Hakenwurf. Korbleger. Freiwurf. Macht nichts. Präg dir den Ablauf ein. Mach ihn zu einem Teil von dir. Präg ihn dir so gut ein, dass du nicht mehr nachdenken musst. Lass deine Muskeln die Arbeit tun!«, hatte die Trainerin immer und immer wieder gesagt und ich wusste, dass sie Recht hatte.

Ich machte eine Drehung, lupfte den Ball in Richtung Korb und warf daneben.

»Guter Versuch!« Muffie sprang von ihrem Fahrrad und lehnte es an die Garage.

»Du solltest das so sagen, als meintest du es auch«, konterte ich. »Wie war's beim Volleyball-Training?«

»Langweilig, wie immer.«

»Wenn du's nicht magst, warum bleibst du dann dabei?«,

»Machst du Witze? Die Trainerin mag Begeisterung. Die Trainerin mag Schulgeist. Sie unterrichtet Volleyball *und* Basketball. Nächste Frage.«

»Willst du was zu trinken? Komm, wir gehen in die Küche.«

»Die Prinzessin war da, hat sich wie üblich lieb Kind gemacht«, sagte sie und folgte mir ins Haus. »Man sollte doch meinen, sie könnte auch mal menschlich reagieren, zum Beispiel nicht zum Training kommen. Aber nein, Sarah-mit-H kommt früh und bleibt lange. Dabei muss sie es nicht mal. Sie ist als Defensivspielerin schon gesetzt, obwohl Basketball noch nicht mal angefangen hat.« Muffie hockte sich auf eine Ecke des Küchentischs, während ich zwei Dosen Limo aus dem Kühlschrank holte.

»Zeigt Teamgeist«, sagte ich und imitierte die Stimme unserer Trainerin. »Es gibt keine Einzelspielerinnen, es gibt nur das Team. Ihr seid nicht fünf verschiedene Menschen, ihr seid ein Mensch mit fünf Körpern. Das nennt man ein Team – teilen.«

»Wenn Liz spielt, sind's eher sechs Körper.« Muffie kicherte, dann fiel ihr ein, worüber sie gesprochen hatte. »Und wie kann man mit Sarah etwas teilen? Sie hat doch alles.«

»Dann tu doch einfach nur so. Immerhin willst du doch Schauspielerin werden, oder?«

»Wettermoderatorin«, sagte sie. »Natürlich tu ich so, zumindest wenn die Trainerin in der Nähe ist. Und zwar weil ...« Sie unterbrach sich, als könnte sich jemand hinter dem Kühlschrank versteckt haben. »Ich hab mir für dieses Jahr zwei persönliche Ziele gesetzt.«

Sie meinte es ernst. Bei Muffie erkannte man das daran, dass ihre Augen irgendwie glasig wurden, so als stünde sie unter Schock.

Ich hatte wohl interessiert geguckt, denn sie wartete gar nicht darauf, dass ich eine Frage stellte. »Ich hab da einen Zeitschriftenartikel gelesen, in dem es um etwas ging, das man ›Selbstbefähigung‹ nennt. Im Grunde versteht man darunter, dass man das, was man will, auch bekommt. Außerdem stand da, dass man sich persönliche Ziele setzen und dann seine ganze psychische und emotionale Kraft einsetzen muss, um sie zu erreichen.«

Ich fragte mich, ob man mit nur psychischer Kraft einen Ball in den Korb bekommen konnte, nickte aber nur.

»Also, mein Ziel lautet, dass ich in dieser Saison in jedem Spiel als Defensivspielerin beginne.« Ich hatte wohl ein zweifelndes Gesicht gemacht, denn sie fuhr fort: »Ich weiß, ich weiß. Gegen Sarah hab ich keine Chance, aber Angie ist so gut wie weg vom Fenster.«

»Ihr beide seid Freundinnen«, sagte ich. »Außerdem hast du nie viel Wert darauf gelegt, von Anfang an eingesetzt zu werden.«

»Jason ist in diesem Jahr auf dem College«, sagte sie, als wäre damit alles erklärt.

»Was hat das mit Basketball zu tun?« Ihre Logik leuchtete mir nicht ein.

»Jason ist mein zweites Ziel. Genauer gesagt, ist er mein erstes. Das ist mein letztes Schuljahr und meine letzte Chance. Wenn ihm das College zu sehr gefällt, kommt er nie mehr zurück.«

»Ja und?«

»Er wird hin und wieder an den Wochenenden kommen und sich die Basketballspiele ansehen. Ich möchte, dass er merkt, wie viele Gemeinsamkeiten wir haben. Ich denke – das heißt, ich weiß, ich weiß –, dass er nur deswegen so viel mit Du-weißt-schon rumhängt. Verstehst du? Nicht weil er wirklich an ihr interessiert wäre oder so. Er könnte in seinem Leben mehr haben als nur sie.« Muffie starrte auf ihre Limodose, als wäre es eine Kristallkugel. »Er könnte mich haben.«

»Klar«, sagte ich, »und vergiss nicht, dass du zuerst hier warst und dass du noch da sein wirst, wenn sie schon wieder weg ist. Er gehört nach LaMond.«

»So hab ich das noch nie gesehen.«

Wenn Muffies Plan, sich Jason zu angeln, dazu führte, dass ihr Defensivspiel besser wurde, war ich voll dafür. Uns stand eine lange, harte Saison bevor.

Ich nahm ihre leere Dose und tätschelte ihr damit den Kopf. »Es ist erst September, du hast also für deine Selbstbefähigung noch volle zwei Monate Zeit. Das

Training fängt allerdings schon bald an, sieh also zu, dass du in die Gänge kommst.«

Als sie schließlich ging, überlegte ich, ob ich Jason warnen sollte, dass er im Begriff war, das Ziel von Muffies geballter Energie zu werden. Aber das war albern. Er war ihr seit zwölf Jahren ausgesetzt, er müsste eigentlich längst immun sein.

Nach einigen Wochen College kam Jason am Wochenende nach Hause. Er fuhr mit einem Pick-up an der Highschool vorbei. Wir winkten. Er winkte zurück, hielt aber nicht an.

»Ich muss nach Hause, Marti.« Muffie rannte den Bürgersteig entlang auf ihr Haus zu. »Er wird mich anrufen, und dann möchte ich zu Hause sein.«

Jason rief Muffie am Freitagabend nicht an. Auch am Samstagmorgen rief er nicht an. Er kam aber nachmittags vorbei, lud sie allerdings nicht ein, am Abend mit ihm auszugehen.

Als wir am Montag in der Mittagspause allein zusammen in einer Ecke der Cafeteria saßen und unser Lunch aßen, erzählte Muffie mir die traurige Geschichte dieses Wochenendes.

»Angie hat gesagt, sie hätte ihn am Samstagabend mit Sarah gesehen«, vertraute sie mir an, während sie an ihrem Käsesandwich kaute. »Marti, ich sage dir, die

Männer sind alle gleich. Nur die Gesichter unterscheiden sich.«

»Sag das nicht, Muffie. Vielleicht hat er auf dem College Probleme mit Chemie oder so. Du weißt doch, dass Sarah in Mathe und in den Naturwissenschaften ein Genie ist.«

»Wie kann sie ihm helfen, wenn sie zusammen spazieren fahren? Angie hat sie gesehen.«

»Das ist nicht das Ende der Welt. Im Teich schwimmen doch noch mehr Fische.« Ich klang wie meine Mutter!

»Warum gibst du nicht Scooter Boyd eine Chance? Du brauchst ihn doch nur zweimal anzusehen und schon hast du ihn an der Angel.«

»Du verstehst das nicht. Das ist was Ernstes.«

Ich gab es auf. Muffie klang wie eine Seifenoper, in der sie die sitzen gelassene Frau spielte. »In einem oder zwei Tagen bist du drüber weg, Muffie. Stell dir einfach vor, du hättest einen schlechten Tag erwischt, denk an Volleyball oder Basketball oder meinetwegen auch an Hausaufgaben.«

Manchmal fragte ich mich, ob wir Freundinnen waren, weil wir uns mochten oder weil wir uns schon unser ganzes Leben lang kannten. So was war überwiegend beruhigend, nehme ich an – wie in LaMond zu leben. Es gab keine großen Überraschungen.

Dann gab es doch eine Überraschung, als ich an einem Samstag einen Anruf bekam. Mom hatte mir das Telefon zum letzten Geburtstag geschenkt, obwohl ich eigentlich gar keins brauchte, besonders nicht um halb acht morgens.

Auch wenn sie mich noch nie angerufen hatte und ich noch nie einen Grund gehabt hatte, sie anzurufen, erkannte ich Sarahs Stimme sofort.

»Marti, tut mir Leid, dass ich so früh störe, aber Elva hat mich gerade angerufen. Sie will, dass wir heute Morgen so früh wie möglich zu ihr kommen.«

»Warum?« Ich fühlte mich nicht wie ein halbes »wir«.

»Es geht um die Puppen und sie hat gesagt, es sei wichtig. Ich hol dich in zehn Minuten ab, wenn das okay ist.«

Zu Sarah hätte ich Nein sagen können, aber zu Elva sagt niemand nein. Muffie hielt Elva für das perfekte Beispiel von Selbstbefähigung.

Als wir die Heimstatt betraten, saß sie im Frühstücksraum und winkte uns an einen Tisch in der äußersten Ecke.

»Danke, dass ihr gekommen seid«, sagte sie und rückte ihren Stuhl näher heran. »Ihr habt beide viel zu tun, aber ich brauche eure Hilfe. Ich glaube, wir können nicht länger warten.«

Ich sah Sarah an. Sarah sah mich an.

Elva beugte sich über den Tisch. »Ich weiß, was mit den Puppen passiert ist.«

»Sie machen Witze«, sagte ich.

»Das überlass ich Witzbolden, Marti.«

Sarah lachte, während ich zuerst überhaupt nichts verstand, deswegen fragte ich: »Wie sind Sie dahinter gekommen?«

Elva spannte die Lippen. »Indem ich endlich mein Gehirn benutzt habe. Ich weiß gar nicht, warum ich nicht früher draufgekommen bin. Im April habe ich in ›Antiquitäten Heute‹ einen Artikel über die Puppensammlung und hauptsächlich Bébé Jumeau veröffentlicht, in dem ich sie detailliert beschrieben und darauf hingewiesen habe, wie wertvoll sie ist.«

»Und irgendjemand, der den Artikel gelesen hat, ist nach LaMond gekommen und hat die Puppen gestohlen«, ergänzte Sarah.

»Und wie hilft uns das?«, wollte ich wissen.

»Derjenige, der die Puppen weggenommen hat, wird versuchen, sie weiterzuverkaufen«, sagte Elva geduldig. »Und wir werden sie finden.«

Elva schaute mich über die Ränder ihrer Brille hinweg an. »Ich brauche ein Fahrzeug und Sarah hat ein Auto. Ich hätte Marvia fragen können, aber wer hätte sich dann um die Bücherei gekümmert? Wir werden am Wochenende fahren. Als ich Sarah gefragt habe, ob sie eine Freundin hat, die vielleicht mitkommt, hat sie dich vorgeschlagen.«

Ich sah Sarah an, sie schaute nicht zurück.

»Außerdem«, Elva zog ihren Stuhl noch näher heran, »ist mir in LaMond niemand eingefallen, dem die Puppen wirklich etwas bedeuten. Der Sheriff hat den Fall schon längst abgehakt. Er konnte die Witze über seine verlorenen Püppchen nicht mehr ertragen. Und außerdem werden wir viel Spaß haben.«

»Wann fahren wir los?« Sarah klang, als ginge es um einen Ausflug ins Sail-Inn.

»*Wo* fahren wir hin?«, fragte ich.

»Wir machen eine Tour durch sämtliche Antiquitätenläden. Ich werde mit euren Müttern sprechen, dann legen wir den Tag fest. In meinem Artikel habe ich ein paar Läden erwähnt, die sich auf antike Puppen spezialisiert haben. Sie sind gleich auf der anderen Flussseite. Es wird eine schöne Fahrt. Die Bäume werden dann ihre ganze Farbenpracht zeigen. Wir können also Geschäft und Vergnügen miteinander verbinden.«

»Was tun wir, wenn wir die Puppen finden?«

»Das entscheiden wir spontan, wenn's so weit ist«, sagte Elva.

Mein spontanes Gefühl sagte mir, dass mir die Sache weder von der geschäftlichen noch von der Vergnügungsseite her gefiel, trotzdem sagte ich, dass ich mitmachen würde.

An einem klaren, sonnigen Oktobermorgen machten wir uns auf den Weg, um Elvas Theorie zu beweisen. Schon bald legten wir eine Frühstückspause ein und während sie eine Riesenzimtrolle aß, klärte uns Elva über die Geschichte der »Gemeinschaft der wahren Eingebung« auf, wie die sieben Dörfer einst geheißen hatten.

»Alles hier gehörte der Gemeinschaft – Land, Küchen, Essräume, Ernteerträge. Das ist natürlich längst nicht mehr so. Die Dörfer sind die Überreste eines Traums, den jemand gehabt hat.«

Sarah fand die Geschichte faszinierend. Ich hatte das alles schon im Geschichtsunterricht in der siebten Klasse gehört.

Während Sarah am Steuer saß, Elva daneben mit der Landkarte auf dem Schoß und ich auf dem Rücksitz, spielten wir auf unserer Fahrt quer durch das Land Zitateraten. Darauf hatte Elva bestanden.

Ich erriet die einfachen wie »Man nenne mich Ismael«* und »Es war die beste und die schlimmste Zeit«** und natürlich »Ihr wisst noch nichts von mir,

* Erster Satz von »Moby Dick« (Herman Melville)

** Erster Satz von »Eine Geschichte aus zwei Städten« (Charles Dickens) wenn ihr nicht ein Buch gelesen habt«*. Sarah kannte mit einer Ausnahme alle.

Beim nächsten Wettbewerb ging es darum, die seltsamsten Ortsnamen zu finden. Elva entschied sich für Ladora. Ihr zufolge war der Name dadurch entstanden, dass der Gründer seine Tochter bei Gesangsübungen »La, do, re« hatte singen hören. Daraus war dann Ladora geworden.

Ich fand What Cheer lustiger. Sarah meinte, dass Ulmer, obwohl kein Ortsname, ein alberner Name für einen See sei, auch wenn er nach jemandem benannt worden sei.

Elva faltete ihre Karte zusammen und legte sie ins Handschuhfach. »Ich gebe zu, es ist etwas albern, aber für jemanden, der in LaMond aufgewachsen ist und immer wieder vom ›wunderschönen Lake Ulmer‹ reden gehört hat, klingt das Wort einfach herrlich.«

»Vielleicht braucht es einfach nur Zeit«, meinte Sarah.

»Vielleicht ein ganzes Leben lang«, sagte Elva. »Ist vielleicht nur das schön, was einem vertraut ist?«

Weder Sarah noch ich versuchten, darauf eine Antwort zu finden.

* Erster Satz von »Huckleberry Finns Abenteuer« (Marc Twain)

Unser erster Laden stellte Sarahs Fahrkünste auf die Probe, denn er lag in einer fast senkrechten Einbahnstraße und schmiegte sich in einen Steilhang mit Blick über den Fluss.

Während Sarah den Wagen um eine scharfe Kurve manövrierte und auf einen schmalen Parkplatz fuhr, hielt sich Elva mit einer Hand an der Armstütze fest und klammerte sich mit der anderen an das Armaturenbrett. Es musste doch was geben, was Sarah nicht gut konnte.

»Kann ich Ihnen helfen?« Als wir dcn Laden betraten, erhob sich ein bärtiger Mann mit Hosenträgern mühsam von seinem Stuhl und kam uns entgegen, um uns zu begrüßen.

»Wir wollen uns nur umschauen«, sagte Elva sanft lächelnd.

»Suchen Sie etwas Bestimmtes?«,

»Oh, nur etwas für meine Mädchen. Eine kleine Erinnerung an unseren Ausflug.«

»Verstehe. Schmuck ist in diesem Kasten da, Sammlerstücke finden Sie dort drüben. Puppen und Spielzeug sind hinten.«

Ohne allzu großes Interesse zu zeigen, schlenderten wir durch den Laden. Es gab Kewpie-Puppen aus Zelluloid mit Dutt und neckischem Lächeln. Außerdem eine Shirley-Temple-Puppe mit echt aussehenden Locken, dazu reihenweise Barbie-Puppen und noch viele andere, aber keine Bébé Jumeau.

»Habt ihr euch schon entschieden?«, fragte Elva, als wir uns in Richtung Kasse bewegten. An einem Ständer in der Nähe hingen Tassen mit aufgedruckten Namen. »Schaut doch mal, ob eure Namen dabei sind«, meinte sie und öffnete ihr Portemonnaie.

Sarah fand eine Tasse, auf der ihr Name ohne H stand. Ich fand eine, auf der mein Name mit Y geschrieben war.

»Stimmt doch fast«, sagte Elva, als wir zum Auto zurückgingen. »Irgendwas mussten wir schließlich kaufen.«

Den größten Teil des Nachmittags verbrachten wir damit, Antiquitätenläden mit Namen wie »Omas Dachboden«, »Erinnerungen und Andenken«, »Gebraucht und Wiedergebraucht« zu durchstöbern.

Aber das alles war nichts im Vergleich zu dem, was wir in Renés Schatztruhe vorfanden. Wir stießen die Glastür des weitläufigen Gebäudes auf und wurden von Lavendelgeruch empfangen, in den sich der Duft von Zedernholzspänen mischte. Ein Schild forderte uns auf, unsere Einkaufstaschen am Empfang zu hinterlegen. Dass die Urlaubssaison bereits vorbei war, schien sich auf die »Schatztruhe« nicht auszuwirken. Der Laden war voller Leute, die »sich nur mal umschauten«, aber vor der Kasse stand auch eine lange Schlange von Käufern.

Die »Schatztruhe« bestand aus einem langen Hauptgang, von dem Räume in alle Richtungen abzweigten. Elva übernahm die Führung und wir begannen mit der Suche. Es gab einen Uhrenraum, einen Porzellanraum, einen Keramikraum, einen Glasraum, einen Raum mit alten Möbeln, einen Lampenraum, einen Schmuckraum – und einen Spielzeugraum.

Elva und Sarah fanden einige alte, gusseiserne Bänke, die wie Gebäude oder Tiere geformt waren. Da mich das nicht interessierte, schlenderte ich in den nächsten Raum. In der Tür blieb ich stehen. Von den Regalen, die alle Wände bedeckten, starrten mir hunderte von Puppen entgegen. Ich blieb regungslos stehen und ließ meine Augen über Reihen und Reihen lächelnder Gesichter wandern.

Zwei Damen drängten sich mit »Oh!« und »Ah!« angesichts der ausgestellten Stücke an mir vorbei. Langsam betrat ich den Raum. Von einem der obersten Regale starrten mich zwei lebensechte Glasaugen an. Mich schauderte, als wäre ich noch immer das Kindergartenkind, das zum ersten Mal Bébé Jumeau erblickte.

Wo waren Elva und Sarah? Eine Mutter, ihre sich windende kleine Tochter fest an der Hand, kam herein und ermahnte das Kind: »Nur gucken, nichts anfassen.«

Ich ging ein paar Schritte weiter und starrte auf ein Regal mit Nadelkissenpüppchen, bis endlich Elva und Sarah auftauchten.

Ich beobachtete Elva. Ihr Kopf bewegte sich wie bei einer mechanischen Puppe hin und her, während sie die Regale absuchte. Ich war mir sicher, dass sie Bébé Jumeau entdeckt hatte, weil sie den Mund zusammenpresste, sich vorbeugte, dann wegsah und wieder hinschaute. Sie sah nach rechts und links, ihre Lippen bewegten sich. Sie suchte wohl die anderen Puppen.

Elva hatte allen einen Namen gegeben und an einige konnte ich mich noch erinnern: Norah, Madame Alexander, Jack Tar, Celestine. Jack Tar war die einzige Puppe, die ich mochte.

Sarah kam zu mir und sagte: »Elva meint, wir sollten gehen.«

Eine Minute lang dachte ich, ich hätte mich bei Bébé Jumeau getäuscht. Manchmal wünscht man sich etwas so sehr, dass man sich einbildet, es sei wirklich passiert.

Wir verließen RENÉS SCHATZTRUHE, ohne etwas zu kaufen. Als wir beim Auto waren, sagte Elva triumphierend: »Wir brauchen jetzt ein Telefon.«

»Haben Sie sie gesehen? Bébé Jumeau?«, fragte ich.

»Natürlich, du etwa nicht?«

»Doch, aber ich war mir nicht sicher.« Ich wollte ihnen erzählen, wie sehr ich mich als Kind vor der Puppe gefürchtet hatte, aber ich hatte Angst, Sarah könnte mich auslachen. Ich konnte mir nicht vorstellen, dass ihr irgendwas schon mal Angst eingejagt hatte.

»Wen wollen Sie anrufen?«, fragte Sarah.

»Sheriff McCook. Ich bin sicher, dass wir am Stadtpark an einer Telefonzelle vorbeigekommen sind. Lasst uns dorthin zurückfahren.«

Während Elva den Sheriff anrief, blieben wir im Auto sitzen.

»Du hast die Puppe als Erste gesehen, stimmt's, Marti?«, sagte Sarah. »Warum hast du mir nichts gesagt?«

»Ich wollte, aber …« Ich brachte den Satz nicht zu Ende. Ich wusste es selbst nicht genau.

Sarah sah auf den Fluss hinaus und fuhr sich mit den Fingern durch die Haare, seidige, kurze Haare mit natürlichen Locken, die bei jedem Wetter gut saßen. Muffie und Angie hatten Haare, die wie verknotete Seilrollen aussahen und wie pelzige Würmer vom Kopf abstanden. Sie brauchten Stunden, um sie so hinzukriegen.

Als ich nicht mehr weitersprach, fragte sie: »Siehst du den Mississippi zum ersten Mal?«

Man merkt sofort, wenn Leute mit aller Gewalt Konversation machen wollen. Sie stellen laufend Fragen, und du musst dir schnell eine Antwort einfallen lassen, um die Lücken zu füllen.

»Ja«, sagte ich. »Er gefällt mir allerdings nicht so gut wie unser Lake Ulmer.«

»Ich mag Flüsse. Flüsse sind immer unterwegs. Seen hocken da und warten auf Wellen, damit etwas passiert.«

»Aber du magst doch LaMond, oder? Es ist gemütlich, freundlich.« Es war blöd, so etwas zu sagen. Ich hoffte, dass Sarah das Zeug auf ihrer Windschutzscheibe vergessen hatte. »Die Leute winken immer, wenn sie vorbeifahren, oder heben zumindest einen Finger vom Lenkrad.«

»Du hast dein ganzes Leben dort verbracht.« Sie beobachtete einen Lastkahn, der sich seinen Weg den Fluss hinauf bahnte. »Das gilt nicht für jeden.«

Mir war klar, dass sie gar nichts vergessen hatte. »In der Stadt gibt's selten Veränderungen. Wenn etwas Neues geschieht, brauchen die Leute eine Zeit, bis sie sich daran gewöhnt haben.«

Sie schaute mich an. »Wie lange?«

»Bis das Neue aufhört, sie zu beunruhigen.« Ich dachte an die Männer im Sail-Inn.

»Wer ist ›sie‹?«

»Fast alle.«

Dann schwiegen wir.

Ich war mehr als froh, als Elva endlich von der Telefonzelle zurückkam. »Sheriff McCook kommt gleich morgen früh her und trifft sich mit uns. Das bedeutet, so hat er mir mitgeteilt, dass wir die Nacht hier verbringen und uns ein Motelzimmer suchen müssen.« Sie schüttelte den Kopf. »Dieser Mann hat die instinktive Gabe, das Offensichtliche zu erkennen.«

Sarah lachte und ich stimmte in ihr Lachen ein, obwohl mir nicht ganz klar war, was daran so witzig war.

Wir übernachteten nicht in einem Hotel, sondern in einer Bed-and-Breakfast-Pension.

»Das ist nicht so kommerziell«, meinte Elva. »Mehr, als wären wir bei jemandem zu Besuch.«

Jede von uns bezog ein eigenes Zimmer. Ich hatte das Gefühl, zwischen den Seiten eines Geschichtsbuchs zu schlafen. Es gab ein altes Büffet mit einem von winzigen Schubladen eingerahmten Spiegel. Auf dem Büffet standen eine rosenfarbene Vase gefüllt mit altmodischen Hutnadeln, ein versilbertes Frisierset bestehend aus Kamm, Bürste und Handspiegel, zwei Teddybären und ein Strohkorb mit getrockneten Blumen. Mein Bett hatte ein Kopfteil, das bis zur Decke reichte. Ich schlief schließlich mit der Hoffnung ein, das Frühstück möge besser sein als das Bett.

Es war besser.

»Der Sheriff wird bald hier sein«, sagte Elva bei Omelett und frisch gebackenen Muffins. »Ich habe gestern

Abend noch einmal mit ihm gesprochen und nehme an, dass er meinen Rat befolgen wird. Sarah, wir werden alle zusammen mit deinem Auto rüberfahren. Ich habe darauf bestanden, dass er weder Uniform noch eine Waffe trägt. Wir vier werden so tun, als wären wir eine ganz normale Familie.« Elva trank einen letzten Schluck Kaffee. »Lasst uns jetzt auf die Veranda gehen und auf ihn warten.«

Endlich kam Sheriff McCook, nicht in seinem Streifenwagen, sondern in Bud Newbys Pick-up. Bud saß hinter dem Steuer.

»Ich habe meinen Hilfssheriff mitgebracht, falls es rau zugehen sollte.«

»Ich hab nach deinem Anruf ein bisschen recherchiert, Elva.« Bud kletterte aus der Fahrerkabine und schlenderte auf uns zu. »Hab rausgekriegt, wem der Laden gehört. Der Typ heißt Levi irgendwas. Er ist …«

»Das spielt jetzt keine Rolle, Bud.« Elvas Stimme klang bestimmt. »Uns geht es ausschließlich um die Puppen.«

Wir kletterten in Sarahs Auto, die Männer vorn, wir drei Frauen hinten.

»Deine Marke hast du dabei, oder?« Elva tippte dem Sheriff auf die Schulter.

»Klar.«

»Und deine Kanone hast du zu Hause gelassen?«

»Ich hab mich genau an deine Anweisungen gehalten, Elva.«

»Gut.« Sie lehnte sich zurück und beobachtete die Straße, als säße sie hinter dem Steuer.

Wir kamen bei Renés Schatztruhe an, als der Laden gerade öffnete. Sheriff McCook half Elva aus dem Wagen und der Rest von uns folgte. Bud hielt die Glastür auf und blieb wie ein Wachsoldat in Habachtstellung stehen, während wir im Gänsemarsch hineingingen.

»Elva, du und Bud, ihr geht in den Raum, wo du die Puppen entdeckt hast und wartet dort.«

»Soll ich den Laden absperren, ich hab Plastikband mitgebracht.« Bud war voller Diensteifer.

»Noch nicht. Ihr Mädchen« – Boots sah aus, als wüsste er mit uns nichts anzufangen – »bleibt einfach im Hintergrund.« Er ging auf die Frau zu, die hinter einer Theke neben der Kasse saß. Sie sah exakt wie Miss Fordham aus, unsere Klassenlehrerin aus der sechsten Klasse, vor der ich ein ganzes Jahr lang gezittert hatte, aus Angst, ich könnte gegen eine ihrer vielen Regeln verstoßen.

»Guten Morgen«, sagte Boots und lehnte sich mit dem Ellbogen auf die Theke. »Sind Sie hier zuständig?«

»Mein Mann und ich sind hier zuständig«, erwiderte die Frau und lächelte ihn an.

»Gehört Ihnen der Laden?«

»Zumindest ein Teil davon, der andere Teil gehört der Bank.« Ihre Stimme klang freundlich. »Kann ich Ihnen behilflich sein?«

»Vielleicht. Ich habe gehört, Sie hätten eine schöne Sammlung antiker Puppen. Porzellan. Biskuitporzellan.«

Ich sah überrascht Sarah an. Der Sheriff kannte sogar die Fachausdrücke.

»Ja, das stimmt. Mein Mann ist der Experte. Möchten Sie, dass er Ihnen welche zeigt?«

»Wenn es keine Umstände macht.«

Sie kam hinter der Theke hervor und sah immer weniger nach Miss Fordham aus. »Ich hole ihn, er kommt sofort.«

Der Sheriff sah zu uns herüber und blinzelte uns zu. »Es wird wohl keine Probleme geben. Wir werden sehen.«

Die Frau kam zurück, gefolgt von einem großväterlich wirkenden Mann mit Anzug, weißem Hemd und Krawatte.

Er warf einen schnellen Blick auf Sarah, mich und den Sheriff.

»Sie sind Puppenliebhaber, nehme ich an. Oder suchen Sie etwas für die beiden Mädchen?«

»Ich sammle seit kurzem Puppen – französische Puppen.« Das hörte sich so selbstverständlich an, dass ich ihm hätte glauben können.

»Dann sind Sie hier genau richtig. Ich habe gerade erst etwas sehr Seltenes erworben. Eine Bébé Jumeau. Soll ich sie Ihnen zeigen?«

»Sehr gern, wenn Sie Zeit haben.«

Ich versuchte, nicht zu lachen. Gut, dass Elva bei uns war. Boots McCook hätte eine Bébé Jumeau nicht von einem Lumpenlieschen unterscheiden können.

Sarah und ich folgten den beiden Männern in den Raum im hinteren Teil des Laden, wo Bud und Elva warteten.

»Meine Freundin«, Boots zeigte auf Elva, »war gestern schon mal hier und hat mir gesagt, dass sie eine ungewöhnliche Sammlung besitzen.«

»Sie haben einen ausgezeichneten Geschmack, Madam«, sagte der Ladenbesitzer. »Ich hatte gerade das Glück, ein paar neue Stücke erwerben zu können.«

»Stammen sie aus einer Haushaltsauflösung?«, wollte Elva wissen. »Sie sehen wirklich echt aus.«

»Oh, das sind sie auch. Ich habe sie mir alle sorgfältig angesehen. Die Frau, der ich sie abgekauft habe, eine liebenswürdige Dame, hat mir gesagt, sie hätten ursprünglich ihrer Großmutter gehört. Sie hat sie sehr ungern abgegeben, aber sie setzt sich zur Ruhe. Sie zieht nach Arizona.«

Elva lächelte. »Können wir eine sehen? Vielleicht die Bébé Jumeau?«

Der Mann zog eine Trittleiter hervor, hob die Puppe vorsichtig von ihrem Regalbrett und gab sie ihr.

Elva nahm die Puppe, deren Echthaarfrisur kaum gelitten hatte, und prüfte jedes Detail, wobei sie an Fäden zog und die Beine hin und her bewegte.

»Ja«, sagte sie zu Boots. »Das ist die Puppe.«

Der Sheriff griff in die Jackentasche, holte seine Marke heraus und hielt sie dem Mann hin. »Ich fürchte, diese Puppe ist zusammen mit einigen anderen gestohlen worden. Ich bin Sheriff McCook und ein Großteil der Puppen hier« – er machte eine ausholende Handbewegung –»sind aus der Bücherei in LaMond entwendet worden. Miss Beals kann sie identifizieren.«

Der Ladenbesitzer starrte ihn eine Minute lang an, dann schüttelte er langsam den Kopf. »Ich hätte es wissen müssen. Ich hätte misstrauisch sein müssen. Meine Frau« – er deutete mit dem Daumen zum vorderen Teil des Ladens – »hat gemeint, wir hätten sie zu billig bekommen.«

»Auf dieser Liste sind alle fehlenden Puppen aufgeführt und beschrieben.« Elva zog ein Blatt Papier aus ihrer Brieftasche. »Ich denke, Sie werden eine perfekte Übereinstimmung feststellen.«

Weniger als eine Stunde später waren die Puppen für

ihre Rückkehr nach LaMond sorgfältig verpackt, das, was der Sheriff Papierkram nannte, war erledigt und Elva und die Besitzer von Renés Schatztruhe hatten ihre Telefonnummern und Adressen ausgetauscht. Als wir schließlich gingen, waren sie mit dem Ausfüllen von Versicherungsformularen beschäftigt.

Eine Woche nach unserem Ausflug erschien ein Foto von uns dreien in der Bezirkszeitung. Wir waren sogar eine Schlagzeile wert: »Pensionierte Bibliothekarin und zwei Mädchen aus der Region klären Diebstahl auf.«

Sarah rief mich an, als die Zeitung erschienen war. Das Einzige, woran ich mich noch erinnern kann, war, dass sie sagte: »Sie haben mich ein Mädchen aus der Region genannt!«

Ich konnte gar nicht verstehen, was daran so Besonderes war.

Allerdings hatte ich auch gar keine Zeit, lange darüber nachzudenken. Volleyball war vorbei, das Basketballtraining fing an. Ich sah sofort, dass es Muffie mit dem, was sie über den Stammplatz gesagt hatte, den sie sich erkämpfen wollte, ernst war. Wenn sie ihre Form behielt und Sarah Deckung spielte, waren unsere Aussichten hervorragend.

So sah es zumindest aus, bis Mom eines Samstags

zum Lunch nach Hause kam und aussah, als wäre sie durch die Mangel gedreht worden.

»Was ist passiert?«, fragte ich. »Hast du den Laden geschlossen?« Samstags, wenn die Irvines die vielen Meilen zu dem »Tempel« fuhren, wie sie es nannten, kümmerte sich Mom meist um das Geschäft.

»Helen ist noch im Laden. Sie ist total aufgeregt und ich bin's auch. Muffie ist beim Ladendiebstahl erwischt worden.«

»Was hat sie denn geklaut?« Ich konnte mir nicht vorstellen, was sie von dort hätte gebrauchen können. Bei Handy Harry gab es weder Kleidung noch Schmuck noch Kosmetik.

»Das ist ja das Komische.« Mom setzte sich an den Tisch und legte den Kopf auf ihre Hände. »Sie hatte ein paar Kerzen, einige Grußkarten und Kopfhörer für ein Radio.«

»Ist sie verrückt geworden? Was hat Mrs Irvine gemacht?«

»Ich weiß es nicht. Helen wollte mit ihr allein sprechen. Gott sei Dank war sonst niemand im Laden, sonst wüsste jetzt schon die ganze Stadt Bescheid.«

»Meinst du, sie zeigen sie an?«

»Das müssen die Irvines entscheiden. Aber selbst wenn sie es tun, das Gesetz geht mit Ersttäterinnen behutsam um.«

Ersttäterin! Ich vermied Moms Augen. Die meisten von uns wussten, dass Muffie hin und wieder einen Schokoriegel oder ein Päckchen Kaugummi mitgehen ließ, nur dieses Mal hatte sie es hier getan, wo wir lebten. In einem der Einkaufszentren, na gut, aber nicht in LaMond!

Mom holte tief Luft und seufzte dann: »Arme Muffie!«

»Arm!« Gegen Muffies Taschengeld wirkte das, was ich in der Heimstatt verdiente, wie ein Trinkgeld von Bud Newby.

»Sie fühlt sich so unter Druck.«

»Wieso?« Ich gebe zu, dass Muffies Gehirn mich gelegentlich an ein Stück Butter erinnert, aber wieso stand sie unter Druck?

»Sie gibt sich solche Mühe so zu sein, wie ihre Eltern sie haben wollen, dass sie niemals die Zeit gefunden hat, sie selbst zu sein. Sie haben sie nach Mildred, ihrer Großmutter, genannt und daraus ist dann eine »Muffie«* geworden. Und dazu noch eine ohne inneren Halt.«

»Können wir irgendwas tun?« Wenn die Trainerin davon erfuhr, würde Muffie aus dem Team fliegen, und

* engl.: eine, die alles verpatzt, vermasselt

unsere Chancen, die Endausscheidung zu erreichen, würden dramatisch sinken.

»Im Augenblick fällt mir nichts dazu ein. Vielleicht später.« Sie klang nicht optimistisch. »Aber sie ist auf dich angewiesen, Marti. Vielleicht kannst du sie von den Läden fern halten.«

»Ich als Bewährungshelferin? Nein danke!«

Ich ging nach draußen, setzte mich auf die Stufen und versuchte, Ordnung in die Angelegenheit zu bekommen. Dass Muffie ihre Finger nicht bei sich behalten konnte, überraschte mich nicht so wie es Mom überraschte. Mein erster Gedanke war: Soll sie es doch selbst ausbaden, die dumme Kuh. Ich dachte an all die Taschen, die ich für sie aus den Läden geschleppt hatte. Wenn da geklaute Sachen dabei gewesen wären, hätten sie mich wegen Ladendiebstahl festgehalten. Trotzdem … Muffie war zwar dumm, aber sie war eine von uns.

Ich hörte auf zu grübeln. Es war passiert, daran war jetzt nichts zu ändern, und ich hatte keine Ahnung, wie man die Sache bereinigen könnte. Ich joggte zum See hinunter, dann durch den Park und die Main Street rauf bis zur Ecke von Muffies Straße. Dann machte es in meinem Gehirn »klick«. Sarah! Der Laden gehörte doch ihren Eltern. Und sie gehörte doch zum Team, oder?

Ich klingelte am Hill House und sie öffnete mir die Tür.

»Wir haben ein Problem«, sagte ich und hoffte, sie glaubte mir das »wir«. »Wir müssen was unternehmen.«

»Muffie.« Es war keine Frage. »Willst du reinkommen? Oder sollen wir spazieren gehen?«

»Lass uns spazieren gehen«, sagte ich. »Ich glaube, mein Gehirn braucht Luft. Wie hast du davon erfahren?«

»Ich bin in den Laden gekommen, als alles schon vorbei war. Sie tut mir Leid, dir nicht?«

Wir gingen den Hügel hinunter in Richtung Park. »Im Moment nicht«, sagte ich. »Im Augenblick könnte ich sie erwürgen, wenn ihre Mutter das nicht schon erledigt hat.«

»Ich glaube nicht, dass ihre Mutter davon weiß.«

»Und so, wie ich Muffie kenne, wird sie auch nichts davon erzählen.« Ich hielt mich für eine Muffie-Expertin. Sie belog ihre Mutter nicht direkt, sie sagte ihr nur nicht alles. »Wenn die Trainerin davon erfährt …«

» … ist die Saison für Muffie gelaufen. Nur, wenn's alle ignorieren, versucht sie's wahrscheinlich wieder.«

»Komm, setzen wir uns.« Ich zeigte auf eine Bank mit Blick auf den See, auf dem eine leichte Brise das Wasser zu weißen Häubchen auftürmte. »Ich versteh das nicht. Sie war gerade dabei, die Dinge in den Griff zu bekommen, sich Ziele zu setzen, zum Beispiel einen Stammplatz als Defensivspielerin.«

»Was hat sie sich sonst noch vorgenommen?«

»Hab ich vergessen.« Ich ließ das Ziel »Jason« unter den Tisch fallen. »Was können wir tun, damit sie nicht ins Gefängnis kommt?«

Sarah machte ein bestürztes Gesicht. Ich überlegte, was sie so überrascht hatte, das »Gefängnis« oder das »wir«.

»Sie kommt nicht ins Gefängnis.« Sarah zog sich die Jacke enger um die Schultern, weil eine kühle Brise vom See heraufwehte. »Außer Muffie wissen nur meine Mom und ich und du und deine Mom davon. Und Mom möchte Muffie nicht bestrafen, sie möchte ihr helfen.«

Ich entspannte mich ein wenig. Zumindest würde Muffies Name nicht in der Polizeispalte der Zeitung auftauchen. »Hat deine Mutter sie etwa einfach laufen lassen?« Es war zu schön, um wahr zu sein.

»Nicht ganz. Sie hat Muffie die gestohlenen Sachen im Schaufenster aufstapeln und eine Karte schreiben lassen, auf der steht: ›Das alles wollte ich stehlen‹. Dann musste sie die Karte unterschreiben. Wenn sie so was noch mal tut und Mom erfährt davon, wandert die Karte ebenfalls ins Schaufenster.«

»Sie steht bestimmt unter Schock«, sagte ich.

»Im Augenblick vielleicht, aber das muss nicht heißen, dass es so bleibt, vor allem, wenn es nicht das erste Mal war.«

»Warum hat sie das überhaupt gemacht?«

»Warum? Ich bin mir nicht sicher, so gut kenn ich sie ja nicht, aber vielleicht ...« Sarah starrte mit gerunzelter Stirn auf den See. »Vielleicht hat sie das Gefühl, dass sie nirgendwo richtig gut ist. Aber Sachen mitgehen lassen, das kann sie, da hat sie Erfolg. Klingt das verrückt?«,

»Nein. So könnte es gewesen sein. Sie bekommt fast nie ein A für irgendwas, hat noch nie den Miss-Teenage-Wettbewerb gewonnen, spielt Basketball nicht so gut, wie sie könnte, und Jason ...«

Ich schwieg. Ich hätte fast vergessen, dass ich mit Sarah sprach.

»Ach, Jason.« Sie lachte. »Wenn sie die Sache entspannt angeht und nicht ständig hinter ihm herjagt, gehört er für den Rest ihres Lebens ihr. Er möchte einfach nur, dass er derjenige ist, welcher. Und vielleicht könnte sie ja entspannter sein, wenn sie wüsste, dass sie als Person wirklich zählt, als jemand Besonderes, nicht als Tochter des Bankdirektors.«

Was sie sagte, leuchtete mir ein und ich fragte mich, warum mir solche Gedanken nie gekommen waren. Konnte eine Außenseiterin Dinge sehen, die mir nicht auffielen, weil ich zu nah dran war?

»Und was können wir jetzt tun?«, fragte ich.

»Du könntest mit dafür sorgen, dass sie die Einkaufszentren aufgibt. Wenn Sie von den Läden wegbleibt, kommt sie auch nicht mehr in Versuchung.«

»Komisch.« Durch Muffies Probleme fing ich an, Selbstgespräche zu führen.

»Was ist komisch?«

»Meine Mom hat genau dasselbe gesagt.«

»Vielleicht könntest du ihr bei den Hausaufgaben helfen, mit ihr lernen oder so. Und«, sie zögerte, »vielleicht könnten wir an den Wochenenden in der Sporthalle zusätzlich trainieren und an ihrem Defensivverhalten arbeiten.«

»Du meinst, wir sollten dafür sorgen, dass Muffie so beschäftigt ist, dass sie nicht auf dumme Gedanken kommt?«

»Vielleicht kannst du ihr dabei helfen, sie selbst zu sein. Zeig ihr, dass du sie wirklich magst.«

»Ja, okay«, sagte ich und stand auf. Ich sollte Muffie also zeigen, dass ich sie mochte. Aber Muffie wusste doch, dass ich sie mochte … oder nicht?

Ich joggte ein Stück weg, dann lief ich noch mal zurück. »Vielen Dank. Vielleicht schaffen wir die Saison ja doch noch.«

Sie lächelte. Ich ließ sie im Park sitzen. Das war auch so was bei Sarah – sie lächelte viel, aber besonders glücklich war sie, glaube ich, nicht.

Als ich Muffie traf, erwähnte ich die Sache bei Handy Harry mit keinem Wort und auch sie sagte nichts. Stattdessen unterhielten wir uns über Jason – er hatte ihr tatsächlich einen Brief geschrieben. Ich schlug ihr vor, cool zu bleiben und nicht postwendend mit einem Neun-Seiten-Brief zu reagieren.

Muffie machte sich Sorgen wegen einer Englischarbeit, meines Wissens zum allerersten Mal und das wahrscheinlich, weil sie in ihren Noten wegen des Teams nicht zu sehr absacken durfte. Wir sollten eine Kritik über eine Fernsehsendung schreiben und ich schlug vor, die Arbeit gemeinsam zu schreiben. Wir bekamen beide ein A.

Eines Tages nach dem Training im Umkleideraum fragte Sarah Muffie und mich fast schüchtern: »Hättet ihr beiden mal Zeit – vielleicht am Sonntag – ein bisschen zusätzlich zu trainieren? Ich könnt's gebrauchen.«

Ich war so begeistert, dass Muffie überhaupt keine Chance hatte, und bevor sie's noch richtig begriffen hatte, waren wir unzertrennlich, zumindest für ein paar Stunden an den Wochenenden.

Sarah versuchte nicht, Muffie irgendetwas beizubringen. Sie zeigte ihr nur immer wieder und Schritt für Schritt, was eine Defensivspielerin können musste, um nach oben zu kommen. Es war klar, dass Muffie niemals so gut sein würde wie Sarah, aber sie konnte für jedes Team, gegen das wir antraten, eine echte Bedrohung sein.

Als wir einmal die Sporthalle verließen – Muffie war bereits weg –, sagte ich zu Sarah: »Es funktioniert. Ich glaube nicht, dass sie noch genug Energie hat, einen Laden zu betreten.«

»Das ist es nicht«, sagte Sarah. »Sie lernt, mit sich selbst zufrieden zu sein. Ohne eine Freundin wie dich hätte sie das nie geschafft.«

Als ich ging, überlegte ich, warum ich diese ganze Helferei überhaupt auf mich nahm, wegen Muffie oder wegen einer erfolgreichen Basketballsaison?

Weihnachten beginnt in LaMond, zusammen mit der Basketballsaison, Anfang November, wenn die Männer vom städtischen Bauhof Überstunden machen, um die farbigen Lichterketten über der Main Street aufzuhängen, bevor die Kollegen im Nachbarort Juliet so weit sind. In diesem Jahr war Weihnachten sogar noch spannender. Die Leute konnten kaum erwarten, was die Irvines als Dekoration für ihre Schaufenster benutzen würden.

»Die glauben nicht an Weihnachten!«, hatte Muffie uns mitgeteilt. »Sie haben so etwas, das sie Kanuka oder so nennen. Das ist, glaube ich, indisch. Na egal, jedenfalls benutzen sie Kerzen an Stelle von Bäumen und es gibt keinen Jesus oder Weihnachtslieder oder Geschenke oder so was.«

Wie sich herausstellte, unterschied sich der Laden der Irvines nicht von den anderen Läden auf der Main Street. Sie hatten einen mit künstlichem Schnee bestäubten Baum, den Weihnachtsmann mit seinen Engeln und das Rentier Rudolph mit seiner blinkenden roten Nase. Das Sail-Inn war der Laden mit den meisten Kerzen, elektrische Kerzen, die in fast jedem Fenster blinkten, sodass man die Speisekarte auf der Tafel über dem Kühlschrank kaum lesen konnte.

Für Mom war die Weihnachtsparty der Atheneum-Gesellschaft der Höhepunkt der Saison. Sie fand bei Lois Barnes statt, hauptsächlich deswegen, weil sie einen offenen Kamin hatte und den meisten Weihnachtsschmuck von allen. Alle beteiligten sich an den Kosten für die Erfrischungen, und Mom machte immer dasselbe – Götterbonbons. Sie konnte aus Eiweiß, Zucker, Vanille und Sirup kleine, weiße, gleichmäßig kegelig geformte Stückchen mit absolut gleichen kleinen Schnörkeln oben drauf machen, die im Mund zergingen und die Zähne zerfraßen.

Für diese Sitzung hatte sich Mom besonders viel Mühe gegeben, weil die Atheneums über die Aufnahme eines neuen Mitglieds abzustimmen hatten. Grace, die Frau des Methodistenpfarrers, war mit ihrem Mann in eine größere, reichere Gemeinde gezogen und hatte unter den Mitgliedern der Atheneum-Gesellschaft eine deutliche Lücke hinterlassen. Als Präsidentin bestand Lois Barnes darauf, dass die Mitgliedschaft auf sechzehn begrenzt wurde. »Das sind vier Bridge-Tische, wisst ihr. Schließlich müssen wir wählerisch sein. Bei uns will doch jede Mitglied werden und am liebsten gleich noch ihre Schwester mitbringen.«

Was die diesjährige Weihnachtssitzung so wichtig machte, war, dass Helen Irvine die Stelle von Grace einnehmen sollte. Um dieses zu feiern, hatte Mom eine Überraschungsparty geplant, die nach der Sitzung bei uns stattfinden sollte.

»Nur Elva, Marvia und Gladys Jenkins. Und natürlich Helen«, erklärte Mom und reichte mir ein Staubtuch. »Hier, du könntest mir ein bisschen helfen.«

Mom sagte mir selten, was ich zu tun hatte, aber wenn, dann war nichts dagegen zu machen.

»Wer hat sie vorgeschlagen?«, wollte ich wissen, während ich mit dem Tuch über die Möbel fuhr. Es war sowieso kein Staub da.

»Ich.« Sie stellte den Mixer auf volle Kraft in einer Schüssel mit schaumigem Weiß, das sich schon bald in göttliche Bonbons verwandeln würde.

»Warum?«

»Warum nicht?«

»Na ja, du weißt schon … weil eben.« Ich konnte nicht die richtigen Worte finden.

Mom tauchte einen Löffel in die Schüssel und probierte. »Weil Helen frischen Wind bringt und weil es LaMond gut tut, hin und wieder ein bisschen durchgepustet zu werden, gerade jetzt.«

»Kann ich noch etwas tun?« Ich legte das Staubtuch weg.

»Während ich weg bin, könntest du die Luftballons aufblasen und einen an jede Stuhllehne binden. Wir sind um acht Uhr zurück. Es ist eine Sitzung mit Essen und wir haben nur einen Tagungspunkt.«

Wenn Mom gestrahlt hatte, als sie das Haus verließ, so kochte sie jetzt, als sie nun durch die Küchentür gestampft kam und das Tablett mit den Göttlichen auf den Tisch knallte. Es war wohl etwas schief gelaufen – entweder mit ihren Götterbonbons oder mit dem Klub.

»Wo sind die anderen?«, erkundigte ich mich.

»Die Feier ist abgesagt.«

»Haben ihnen deine Bonbons nicht geschmeckt?«, fragte ich und hob die Aluminiumfolie hoch.

»Die hat keiner probiert. Ich hab ihnen keine Gelegenheit dazu gegeben. Jemand hat Helen Irvine eine schwarze Kugel verpasst!« Sie ging den Flur hinunter, wobei sie ihr bestes Paar Ohrringe abnahm.

»Wer war's?« Eine blöde Frage, aber leider fiel mir

erst nach meiner Frage das Ritual der Atheneums wieder ein. Sie hatten einen Haufen schwarzer und weißer Kugeln, so groß wie Murmeln. Wenn über etwas Wichtiges abgestimmt wurde, ließ jede von ihnen eine Kugel in einen purpurfarbenen Samtbeutel fallen, für den Mom, als Sekretärin, verantwortlich war. Weiß bedeutete ja, schwarz nein.

»Wer kann das wissen?«, rief sie vom Schlafzimmer.

»Warum?«

»Was glaubst du wohl? Es ist immer wieder dasselbe Muster.«

»Was für ein Muster?«

Sie kam zurück und steckte den Kopf durch die Küchentür. »Marti! Benutz deinen Kopf. Jede andere wäre einfach Helen, die mit ihrer Familie nach LaMond gezogen ist und ein Haushaltswarengeschäft eröffnet hat. Aber nein! Sie ist Mrs Irvine und sie ist Jüdin, und sie macht bei SCHLUSS mit.« Sie verschwand wieder.

»Kann ich einen von den Göttlichen haben?«, rief ich ihr nach.

»Bedien dich«, kam die Antwort.

Als sie zurückkam, trug sie wie üblich Jeans und Sweatshirt.

»Deine Atheneums wissen überhaupt nicht, was ihnen entgeht«, sagte ich und angelte nach einem weiteren Bonbon.

»Wie recht du hast, Marti«, sagte sie und tätschelte meine Hand, während sie das Tablett mit den Göttlichen in Sicherheit brachte.

»Wer wird's ihr sagen?«

»Ich.« Sie zog ihren Kapuzenmantel an und nahm das Tablett mit den Bonbons. »Ich werde jetzt zum Hill House hinaufgehen, ihr meine Bonbons anbieten und mich für die Atheneums entschuldigen. Man muss sich das mal vorstellen, der Klub soll eine literarische Gesellschaft sein, die nach Weisheit strebt!«

Ich blieb nicht auf, um auf Mom zu warten. Ich glaube, es war schon nach Mitternacht, als sie nach Hause kam. Am nächsten Morgen fragte ich sie, wie es gelaufen war.

»Sie fand meine Bonbons köstlich«, war alles was Mom sagte.

6

Nach Weihnachten schienen die meisten in LaMond die Irvines vergessen zu haben. Gelegentlich hörte man zwar noch, wie jemand Handy Harry als »Judenladen« bezeichnete und es ging das Gerücht, dass sie alle wichtigen Bankgeschäfte in der Stadt erledigten, in der sie samstags zur Kirche gingen, Thema Nr. 1 aber waren sie nicht mehr. Bud Newby war mehr oder weniger der Einzige, der immer noch davon überzeugt war, dass Sarahs Dad eine Rolle Geld mit sich herumschleppte, »die groß genug war, um ein Pferd damit zu ersticken.«

Stattdessen sprachen alle seit Beginn der Basketballsaison und seit unseren ersten Siegen nur noch darüber, ob sich die Tigerettes wohl für das Turnier um die Iowa-Meisterschaft qualifizieren würden. Nur die Trainerin nicht.

Sie überzeugte uns zuerst einmal davon, dass wir unseren Namen ändern mussten. »Schließlich seid ihr kein Haufen von Mini-Tigern. Wenn ihr gewinnen wollt, müsst ihr kämpfen wie ausgewachsene Tigerinnen.« Die ganze Schule stimmte ab und die Entscheidung fiel einstimmig aus. Wir wurden die Tigerinnen.

Obwohl wir bis Mitte Januar an allen Teams, gegen die wir gespielt hatten, vorbeigezogen waren, war das Training so hart, als stünden wir in der Liga auf dem letzten Platz.

»Marti, du musst den Korb attackieren!«

»Muffie, lass den Extradribbler weg! Pass! Pass! Pass!«

»Nicht abgeben, Sarah, geh auf den Korb! Du triffst auch von der Außenlinie.«

»Beweg dich, oder du hast schon verloren, Liz! Wir spielen nicht mehr Halbfeld!«

»Angie, deine Pässe müssen scharf und gerade kommen. Nicht den Ball zuwerfen!«

So ging es die ganze Zeit. Wir schwitzten uns durch die Grundlagen: Beinarbeit, passen, dribbeln, werfen, Rebounds. Und immer wieder die Stimme der Trainerin: »Macht das Spiel! Haltet euch an das Muster! Hört auf zu denken! Eure Muskeln sollen sich erinnern!«

Die Muster und unser Muskelgedächtnis zahlten sich in einem Sieg nach dem anderen aus. Als wir gegen Maple Grove spielten, das einzige Team, das unsere makellose Bilanz gefährden konnte, schickte die größte

Zeitung von Iowa einen Fotografen und einen Reporter. Sie hatten sich das richtige Spiel ausgesucht.

Die Halle war bis unters Dach gefüllt, und als wir zum Aufwärmen liefen, konnten wir durch den Lärm der Menge, die Musik der Anfeuerungsband und das Kreischen der Cheerleaderinnen kaum das Aufspringen unserer eigenen Bälle hören. Im letzten Viertel wechselte die Führung so oft, dass ich den Überblick verlor.

Muffies Mutter, die sich meistens wie die Königin von LaMond aufführte und auch so redete, saß auf ihrem Stammplatz direkt hinter der Bank, schrie Muffie Anweisungen zu, machte bei jedem gegen uns gepfiffenen Foul die Schiedsrichter an und beleidigte alle Spielerinnen aus Maple Grove, die in die Nähe unserer Hälfte kamen. Nur Bud Newby war noch lauter. Mit seinem Dauerrefrain »Beweg dich, Sarah!« und »Angriff, Marti!« übertönte er sogar Mrs Barnes.

In den letzten Spielminuten war es Sarah, die einen Rebound erwischte und mit einem Tempogegenstoß das Spiel öffnete. Sie lief mit dem Ball bis in die gegnerische Hälfte und passte dann so zu mir, dass ich einen einfachen, unbedrängten Korbwurf anbringen konnte. Das brachte uns mit zwei Punkten in Führung und die Trainerin nahm eine Auszeit.

Sie verlor keine Sekunde mit Komplimenten, klopfte

Sarah nur auf die Schultern und nickte mir zu. »Muffie, du machst die Einwürfe. Sarah, Marti, wer von euch beiden frei ist, schneidet zum Korb. Denkt an das Muster!«

Und das Muster funktionierte. Muffie zwang das Mädchen aus Maple Grove, den Ball abzugeben und warf ihn Sarah zu, die den Ball zu mir passte und dann in Richtung Korb lief. Ich täuschte eine Bewegung in dieselbe Richtung an, die Sarahs Gegenspielerin dazu brachte, Sarah stehen zu lassen, um mich in Doppeldeckung zu nehmen.

Ein perfekter Spielzug. Ich passte den Ball zu Sarah, deren Korbleger so sanft war, dass er kaum das Spielbrett berührte. Als die Schlusssirene ertönte, hatten wir vier Punkte Vorsprung.

Wieder einmal waren Sarah und ich gemeinsam auf einem Foto in der Zeitung, und zwar nicht »Mädchen aus der Region«, sondern als die »Tigerzwillinge«, ein Name, der uns für den Rest der Saison erhalten blieb.

Auf dem Feld, ob im Training oder im Spiel, waren die Tigerinnen ein geschlossenes Team: Sarah und Muffie in der Abwehr, Angie und Liz im Angriff und ich als Centerspielerin. Die Sportreporter verliehen uns weitere Spitznamen. Am besten fanden wir: »Die Glorreichen Fünf« und »Die Schrecklichen Tigerinnen«.

Außerhalb des Feldes sah es anders aus. Wir aßen zusammen in der Cafeteria, mit Ausnahme von Sarah, die auch beim schlimmsten Wetter zum Lunch nach Hause ging.

»Sie essen andere Sachen als wir«, erklärte Muffie eines Tages. »Zum Beispiel kein Schweinefleisch. Sie sind dagegen allergisch oder so.«

Liz sah geschockt aus, vielleicht weil sie sich nicht vorstellen konnte, dass es etwas gab, was man nicht essen kann, vielleicht aber auch, weil ihre ältere Schwester mal die Bezirks-Schweinekönigin gewesen war.

Ich hätte die Schweinebraten-Sandwiches erwähnen können, die Sarah auf unserem Trip mit Elva verschlungen hatte, tat es aber nicht.

Liz und Angie wohnten weit draußen auf dem Land und verschwanden gleich nach dem Training und auch Sarah war immer fast genauso schnell weg, um sich, da war ich sicher, auf ihre Hausaufgaben zu stürzen. Da wir überwiegend dieselben Fächer hatten, blieb mir nicht verborgen, dass sie auf alles, was die Lehrer und Lehrerinnen sich ausdenken konnten, vorbereitet war. Außerdem hatte ich den leisen Verdacht, dass ihre Noten bei den schriftlichen Arbeiten besser waren als meine.

Also machten Muffie und ich so weiter, wie wir das immer getan hatten. In Sachen Sarah war sie – nicht immer, aber überwiegend – ein bisschen nachsichtiger geworden. Vielleicht lag das daran, dass Jason nicht mehr hier war und sein erstes Jahr im College verbrachte, oder dass ihre Eltern ihr endlich ein eigenes Auto gekauft hatten. Vielleicht fühlte sie sich aber auch schuldig wegen ihrer Mutter und was die nach Meinung aller in der Stadt Sarahs Mutter angetan hatte – nämlich gegen sie zu stimmen.

Als vier von uns Tigerinnen feststellten, dass wir eine Einladung zu einer Überraschungsparty an Sarahs Geburtstag bekommen hatten, waren wir tatsächlich überrascht.

»Ich hab gar nicht gewusst, dass die Geburtstag feiern«, sagte Muffie, als wir uns auf unsere Stammplätze in der Cafeteria hockten. »Aber hast du die Handschrift gesehen? Das ist echte Kalligraphie!«

»Kalli … was?«, fragte Angie.

»Es bedeutet, dass man eine sehr schöne Handschrift hat«, sagte ich.

»Das und das Papier und der Briefumschlag! Habt ihr das mal angefasst? Ich wette, das Papier hat einen Haufen Geld gekostet.«

Muffie hatte einen guten Blick für Geld.

»Habt ihr eine Ahnung, wer sonst noch eingeladen ist?« Angie hörte auf zu kauen und ließ ihre Augen durch die Cafeteria wandern.

»Keine Ahnung. Die Frage ist nur, was machen wir?«

Liz hatte das Feingefühl eines Baseballschlägers, aber sie sprach aus, was uns alle beschäftigte.

»Auf jeden Fall müssen wir ein RSVP schicken.« Muffie sah zu mir rüber, als hätte sie soeben einen Dreipunkter versenkt.

»Was soll denn das heißen?« Liz beugte sich vor.

»Oh«, erklärte Muffie, »das ist Spanisch oder Französisch oder so. Es bedeutet, dass man sagen muss, ob man kommt oder nicht.«

»Ich weiß, dass man sagen muss, ob man kommt oder nicht, aber ich hab noch nie gehört, was RSVP bedeuten soll, du vielleicht?« Liz leckte sich die Finger ab, um auch den letzten Krümel von ihrem Schokokeks zu erwischen.

»Na ja, du hast ja auch noch nie gehört, dass eine Mutter eine Überraschungsparty gibt, oder?«, gab Muffie zurück.

»Vielleicht sollten wir einen Brief aufsetzen und alle unterschreiben«, schlug Annie vor.

»Es heißt hier ›zum Dinner‹.« Muffie zog die Einladung aus ihre Schultasche. »Wir können unmöglich nicht hingehen, wir müssen unbedingt wissen, wie das Hill House von innen aussieht. Bud Newby hat meinem Vater erzählt, dass sie ein Vermögen dafür ausgegeben haben.«

»Also gehen wir jetzt oder nicht?« Angie machte ein

besorgtes Gesicht. »Klar, wenn's nach meinem Dad geht, darf man ein kostenloses Essen nie ausschlagen.«

Das Schweigen am Tisch dauerte fast eine Sekunde zu lange, bevor der Rest von uns sagte: »Wir gehen, ist doch klar.«

»Okay«, sagte Muffie, »sollen wir für ein Geschenk zusammenlegen oder besorgt jede selbst was?«

»Auf der Einladung steht: Bitte keine Geschenke«, sagte ich.

»Aber so was machen wir hier in LaMond nicht«, sagte Muffie. »Ich meine, was soll denn ein Geburtstag ohne Geschenke? Außerdem wird Sarah eins erwarten, und wir wollen doch nicht aussehen, wie ...« Ich wusste, dass sie sich im letzten Augenblick für ein anderes Wort entschied. »Wie arme Schlucker, oder?«

»Sie weiß doch gar nichts von der Party«, erinnerte ich sie. »Wie kann sie dann ein Geschenk erwarten?«

»Ach, ist doch egal.« Muffie schloss die Augen und machte mit den Fingern Bewegungen, als würde sie etwas ausrechnen. »Jede gibt fünf Dollar«, verkündete sie. »Marti und ich sind das Geschenkkomitee. Wir gehen morgen in das Einkaufszentrum und suchen was.«

»Was sollen wir denn anziehen?« Angie klang wie ein Kind vor seinem ersten Schultag. »Ich meine, da steht doch ›Dinner‹ und nicht ›Abendessen‹ und ›anschließend Unterhaltung‹.«

Wir schauten Muffie an, als wäre sie LaMonds Fachfrau für Benimmfragen.

»Große Garderobe, ist doch klar. Es handelt sich bestimmt um ein formelles Dinner und wir wollen schließlich nicht wie ein Haufen Hinterwäldlerinnen aussehen.«

Als wir vom Tisch aufstanden, packte Muffie meinen Arm.

»Ich hol dich um zehn ab. Schalt schon mal die Geschenkecke deines Gehirns ein.«

Mom hatte Einiges zu sagen, als ich am nächsten Tag darauf wartete, dass Muffie mich abholte. »Behalt sie im Auge und sei vorsichtig. Lass sie nicht ihre große Umhängetasche mitnehmen. Es wird heute ein echter Test für sie.«

»Du hast alles von der Party gewusst, oder?« Ich lehnte mich gegen die Küchentür.

Sie grinste mich an. »Was glaubst du eigentlich, wer die Einladungen geschrieben hat?«

»Machst du Witze? Ich hatte keine Ahnung, dass du so was kannst.«

»Noch eins meiner verborgenen Talente. Ich hab's seit Jahren nicht mehr probiert. Aber das sah richtig gut aus, oder?«

Sie schien so mit sich selbst zufrieden, dass ich sagte:

»Muffie hat gemeint, es wäre ein Profi gewesen. Wer ist sonst noch eingeladen?«

»Natürlich alle Tigerinnen.«

»Das ganze Team oder nur die Stammspielerinnen?«

»Alle. Jemanden nicht einzuladen, wäre dem Teamgeist nicht gerade förderlich, oder?«

»Toll«, sagte ich. »Das macht's viel einfacher.«

»Einfacher? Das ist eine Party und kein Ballspiel.«

»Ja, ja, ich weiß, aber auf die Art geht uns der Gesprächsstoff nicht aus.« Ich hörte, wie Muffie in die Einfahrt fuhr.

Mom runzelte die Stirn. »Seit wann besteht denn bei Muffie Gefahr, dass ihr der Gesprächsstoff ausgeht?«

»Die besteht nicht wirklich.« Ich lachte, hatte aber gar nicht an Muffie gedacht, sondern an mich.

Muffie und ich schalteten auf der Fahrt nach Sioux Point und fast den ganzen Nachmittag lang, während wir so gut wie jeden Laden in der East Mall abklapperten und unsere Suche schließlich in der West Mall fortsetzten, unser Gehirn auf Geschenk. Ich hing an ihr wie ein Schatten.

»Was zu finden, wenn man gerade mal zwanzig Dollar hat, ist schwer«, klagte Muffie. »Vor allem, wo wir gar nicht wissen, was wir suchen. Es muss was Billiges sein, das nach jeder Menge Geld aussieht.«

Wir gingen in einen kleinen Schmuckladen. Muffie

nahm ein Goldkettchen von einem Drehständer. »Wie wär's hiermit? Kostet nur neunzehn Dollar.« An der Kette hing ein goldenes Kreuz.

Ich schaute sie an und schüttelte den Kopf.

»Na ja, vielleicht finden wir eins mit einem Schutzengel oder so.« Muffie hängte das Kettchen wieder an den Ständer, und ich atmete tief durch. Mrs Irvine konnte die Beweise aus dem Schaufenster verschwinden lassen.

»Versuchen wir's da drüben.« Ich steuerte sie zu einer anderen Verkaufstheke.

Wir fanden ein schlichtes Goldkettchen, auf dessen Preisschild allerdings 24,50 Dollar stand.

»Machen wir's jüdisch und handeln sie runter?«, sagte Muffie. Manchmal ging bei ihr die Verbindung zwischen Gehirn und Mund verloren.

»Muffie!« Ich versuchte, nicht zu laut zu sprechen, aber ihr Name kam so laut heraus, dass die Verkäuferin an der nächsten Theke zu uns schaute. »Du solltest so was nicht sagen, vor allem nicht, wenn wir ein Geschenk für Sarah kaufen.«

»Was nicht sagen?« Muffie konnte manchmal schlicht und ergreifend dumm sein. Manchmal tat sie aber auch nur so. Der Unterschied war nicht immer leicht zu erkennen.

»Jüdisch machen«, flüsterte ich. »Man soll ja auch nicht sagen ›sich französisch empfehlen‹.«

»Warum nicht?«

»Weil …« Ich suchte nach einer Begründung. »Weil es schließlich Menschen gibt, die Franzosen sind.«

Muffie war desinteressiert. »Okay, wie auch immer«, sagte sie. »Lass uns das Kettchen nehmen. Wir können die Differenz teilen.«

Wir teilten uns auch noch das Geld für eine Geburtstagskarte. Sie war kitschig, aber billig.

Zum Geburtstag wünschen wir
Alles Gute, Schöne Dir!

Es gab ein paar Karten, die wirklich lustig, gemein und witzig beleidigend waren, aber die konnte man nur seiner besten Freundin schicken.

Die erste Überraschung auf Sarahs Party war, dass nicht Mrs Irvine die Tür des Hill House öffnete und uns hereinbat, sondern Mom.

Vielleicht war es besser so, denn alle fünfzehn hatten es geschafft, zur selben Zeit einzutreffen, und da die meisten Mom seit ewigen Zeiten kannten, hatte keiner so richtig das Gefühl, ein fremdes Haus zu betreten. Mom sagte, Sarah und Mrs Irvine seien gerade auf dem Rückweg vom Flughafen, weil sie Sarahs Dad zum Flugzeug gebracht hätten. Auch das half, denn so hatten alle die Chance, sich ausgiebig umzusehen, ohne höflich sein zu müssen.

Ich suchte die anderen drei und warf dann einen Blick auf die restlichen Teammitglieder. »Wir sind zu fein angezogen«, sagte ich zu Muffie. Die anderen sahen alle aus, als wollten sie mit Freunden einen trägen Samstagabend verbringen, nur wir vier waren wie für einen Schulball angezogen.

»Wir haben eben Geschmack«, murmelte Muffie. »Vergiss es.«

Liz war wegen des Parketts im Eingangsbereich ganz aufgeregt. Sie boxte Angie gegen den Arm. »He, schau dir das an. Das wäre ideal zum Tanzen.« Sie und Angie hatten gerade den Western Line Dance für sich entdeckt, wahrscheinlich weil Liz es endlich geschafft hatte, sich in eine enge Jeans zu zwängen.

Mom schickte uns ins Wohnzimmer, wo im Kamin ein Feuer loderte und aus Lautsprecherboxen an der Wand Musik ertönte. Ein eisgefüllter Kühler mit Limodosen und genug Pizzas und Sandwiches und solches Zeug, um die ganze Schule abzufüttern, waren auf einem Tisch am Ende des Raums aufgetürmt.

Muffie nahm die Möbel unter die Lupe, während alle anderen kauten und durchhechelten, was den Tag über passiert war. Es war wie in der Schule auf dem Flur, wo man zu jemandem sagt »Wie läuft's?«, auch wenn man vor der letzten Stunde mit der Person gesprochen hatte. Mom hatte Recht – an Gesprächsthemen herrschte kein Mangel.

Der Lärmpegel stieg, als Mom den Kopf durch die Tür steckte und sagte: »Sie sind zurück. Macht euch bereit!«

Einen Moment lang hatten wir vergessen, weswegen wir eigentlich hier waren. Jedenfalls hörten wir auf zu reden und warteten, wobei wir grinsten, als hätten wir uns das alles ausgedacht und nicht Sarahs Mom. Ich glaube nicht, dass seit unseren Kindertagen auch nur für eine von uns eine Geburtstagsparty gegeben worden war und jedenfalls keine Überraschungsparty.

Wir hörten, wie die Eingangstür aufging und Mrs Irvine sagte: »Sarah, bring doch bitte die Bücher ins Wohnzimmer und leg sie auf den Schreibtisch.«

Als Sarah ins Zimmer trat, sprangen wir auf und schrien: »Überraschung! Überraschung!«

Dann passierte Sarah mit den Büchern etwas, was ihr mit einem Basketball nie passiert wäre. Sie ließ sie fallen. Die Kids drehten fast durch. »Ballverlust! Ballverlust!«, schrien sie. »Du hast den Ball verloren!«

Alle schauten auf ihre Hände, ich schaute ihr ins Gesicht.

Sie sah mich an, die Augenbrauen hochgezogen, der Mund zwischen Erschrecken und Lächeln schwankend.

Es war, als befänden wir uns in einem Match, mitten in einer spielentscheidenden Situation, und sie wartete auf irgendein Signal, das sie verstehen konnte, ohne dass die Gegnerinnen es mitbekamen. In diesem Augenblick glaubte ich genau zu wissen, was sie empfand, daher zuckte ich mit den Schultern, grinste und streckte in einer umfassenden Geste meine Arme aus.

Sarah reagierte sofort, wobei sie mich imitierte. »Oh! Wow!«, sagte sie. »Ich glaub's einfach nicht!«

Dann brüllten alle »Wir gratulieren!« und rasten zu ihr, um sie so in den Arm zu nehmen, wie wir das am Ende eines Spiels immer taten. Ich befand mich außerhalb des Kreises, hatte aber einen kurzen Moment lang das Gefühl, dass mir der perfekte Pass gelungen war, der ihr den perfekten Korbwurf ermöglichte, mit dem wir das wichtigste Spiel der Saison gewannen.

Als die Party zu Ende war, hatten wir eine Unmenge Pizzas, ein eineinhalb Meter langes Sandwich in U-Bootform und fast alle Limodosen gekillt. Als Sarahs Mutter mit einer kleinen, in Geschenkpapier verpackten Schachtel hereinkam, rösteten wir gerade über dem Kaminfeuer Marshmallows.

»Herzlichen Glückwunsch zum Geburtstag, mein Schatz«, sagte sie und nahm Sarah in den Arm, dann wandte sie sich an uns. »Ich wollte es eigentlich für später aufheben, aber da ihr Sarahs Freundinnen seid, dachte ich, sie würde es gern mit euch zusammen anschauen.«

Muffie zwinkerte mir zu. Ich tat so, als hätte ich es nicht bemerkt und sah zu, wie Sarah das Geschenkpapier entfernte.

Sie machte ein verblüfftes Gesicht. »Ein Videofilm«, sagte sie, »allerdings ohne Titel.«

»Leg ihn ein«, sagte Liz. »Vielleicht sind die Höhepunkte unserer erfolgreichen Saison drauf.«

»Oder ein sehr persönliches Profil von Tom Hanks!«, meinte Angie.

»Wie wär's mit einem Film über Typen, die Gewichte heben?«, meinte eine andere.

»Das ist der größte Bildschirm, den ich je in meinem Leben gesehen habe«, flüsterte Liz, als Sarah den Fernseher einstellte.

»Wahrscheinlich im Großhandel gekauft«, murmelte Muffie.

Als der Bildschirm hell wurde, war zunächst kein Bild zu sehen, wir hörten nur leise Musik und die Stimme eines Mannes: »Sarah, du hast uns siebzehn Jahre lang Freude bereitet. Deine Mutter und ich hoffen, dass dir diese wenigen Minuten Film genauso viel Vergnügen machen. Du wirst für uns immer das sein, was dein Name bedeutet – eine Prinzessin.«

Die Musik wurde lauter, dann erschien, wie in einem

richtigen Kinofilm, ein Titel: Die Prinzessin – in der Hauptrolle: Sarah Irvine. Man konnte hören, wie die Kids nach Luft schnappten, als hätten sie noch nie einen Videofilm gesehen.

Das Band dauerte ungefähr eine halbe Stunde, ohne dass man das Gefühl bekam, einen dieser langweiligen Familienfilme zu sehen. Es ging natürlich immer um Sarah, aber jemand hatte von ihr Fotos und Videofilme aufgenommen und daraus eine Art Film gemacht, wie man ihn im Fernsehen zu sehen bekam, mit richtig toller Musik und Mr Irvine, der die Geschichte von Sarahs Leben erzählte.

Sarah auf dem Bildschirm und die wirkliche Sarah gleichzeitig zu sehen, war merkwürdig. Sie war tatsächlich mal ein Baby gewesen, das nach ihrem ersten Geburtstagskuchen gegrabscht und sich das Gesicht mit Zuckerguss verschmiert hatte. Als sie älter wurde, war sie wie wir, nur in einer anderen Stadt.

Es hätte LaMond sein können, bis auf die Szene bei einer Party, die, wie die Stimme sagte, eine Bat-Mitzwa-Feier war, und bei der Sarah inmitten vieler Leute stand und Fragen beantwortete und eine Rede in einer Sprache hielt, die ich noch nie gehört hatte.

Die letzten Bilder waren Fotos von Sarah und mir, zuerst mit Elva, dann im Basketballdress. Als der Film zu Ende war, klatschten und johlten alle, als hätten sie gerade den Siegerfilm bei der Oscar-Preisverleihung gesehen.

Sarah sah ihre Mutter an.

»Das ist das schönste Geschenk, das ich je bekommen habe. Danke.«

Ganz kurz war ich ein bisschen eifersüchtig. Ich wusste, dass Mom mich genauso liebte wie Sarahs Eltern Sarah liebten, aber das letzte Foto von mir war gemacht worden, als ich am ersten Kindergartentag das Haus verließ. Ich hatte geheult, meine Nase lief und ich sah überhaupt nicht wie eine Prinzessin aus.

Mom blieb noch da, um beim Aufräumen zu helfen, doch Muffie und ich verabschiedeten uns von Sarah und gingen zusammen nach Hause.

»Ich glaube, die Kette hat ihr wirklich gefallen«, sagte ich.

»Wer weiß das schon?«, meinte Muffie. »Sie ist immer so höflich, dass man nicht erkennen kann, was sie denkt. Hast du gesehen, was für einen Haufen Geschenke sie bei dieser religiösen Party, diesem Bat-Dingsda, bekommen hat? Ich wusste gar nicht, dass sie Jüdisch kann. Meinst du, die unterhalten sich zu Hause so? Es klingt so … so fremdländisch.«

»Ich glaube, man nennt es Hebräisch«, sagte ich. Ich hatte keine Lust, mich zu unterhalten, weil ich daran denken musste, wie Sarahs und mein Gesicht auf dem

Fernseher ausgesehen hatten. Wer es nicht wusste, hätte uns für die besten Freundinnen gehalten.

Januar und Februar waren völlig von Basketball beherrscht: lange, lärmerfüllte Busfahrten durch Schnee und Eis zu Dutzenden von Highschool-Sporthallen, die alle gleich rochen und gleich klangen. Mom und die Irvines schafften es fast immer, sich unsere Spiele anzuschauen, während Mrs Barnes und Bud kein einziges Spiel ausließen und jede Menge überflüssige Ratschläge für die Trainerin bereithielten. Die ganze Stadt stand hinter uns.

An dem Abend, als wir gegen Beaconsfield spielten, kam die Einheitsfront allerdings ins Wanken. Die Radiostation in Maple Grove hatte gemeldet, dass das Gericht zu Gunsten von Elva und ihren SCHLUSS-Frauen entschieden hatte. Mr Barnes und Bud Newby und der Rest der Erschließungsgesellschaft hatten verloren.

An diesem Abend marschierten die Barnes, Bud und jede Menge Freunde von ihnen kurz vor dem Anpfiff in die Halle und machten sich auf den Bänken am westlichen Ende so breit, dass sonst niemand mehr Platz fand. Als Mom, Elva, Helen, Marvia und ihr Gefolge reinkamen, setzten sie sich an das östliche Ende.

Jeder Korb, den wir erzielten, wurde in Stereo bejubelt. Ich weiß nicht, ob wir das Spiel gewannen, weil

Sarah den Beaconnettes mit todsicherem Auge einen Dreipunkter nach dem anderen in den Korb legte, oder weil die beiden Lager der Stadt versuchten, sich gegenseitig niederzuschreien.

Als ich nach Hause kam, saßen Mom und die anderen um unseren Esszimmertisch.

»Dieser Riss heilt möglicherweise nie wieder zu«, sagte Marvia gerade. »Ihr wisst ja wohl noch, wie lange die Leute gebraucht haben, bis sie über den Computer, den ich für die Bücherei angeschafft habe, hinweg waren.«

Ich hockte mich auf die Treppe und hörte zu.

»Quentin Barnes war schon immer ein schlechter Verlierer.« Elva senkte die Stimme, als könnte er sie hören.

»Die Stadt wird's verkraften und wir werden es wahrscheinlich noch erleben, dass sie uns für die Rettung des Seeufers danken«, sagte Mom lachend.

Mom wandte sich an Sarahs Mutter. »Eins muss man LaMond lassen, Helen. Wir mögen nicht immer dieselbe Melodie singen, aber früher oder später erinnern sich alle daran, dass wir im selben Chor sind.«

»Vielleicht schließt Quentin sich dem Chor schneller an, wenn wir alle unser Geld von seiner Bank abziehen.« Marvia klang, als meinte sie es ernst.

»Da bin ich nicht so sicher.« Elva schob ihren Stuhl

ein wenig zurück. »Sieger vergessen mit der Zeit, Verlierer vergessen nie.«

»Ich habe eine Idee.« Alle sahen Mrs Irvine an. »Wir könnten aus SCHLUSS etwas Neues machen. Wie wär's mit PLUSS – Peppt Lake Ulmers Seeufer und Strände auf. Wir könnten an dieser Stelle des Ufers einen Park anlegen.«

»Was für eine wunderbare Idee!«, rief Elva.

Mom schloss sich an. »Elva, du könntest mit Quentin Barnes sprechen, ob er nicht vielleicht als Erster etwas spenden möchte.«

»Ich weiß auch schon, wie ich's mache. Ich werde ihm sagen, dass wir dafür sorgen, dass der Park nach ihm benannt wird, wenn er eine beträchtliche Spende macht. Dieser Mann war schon immer in seinen Namen verliebt.« Sie schwieg kurz, dann sagte sie: »Und wir könnten dafür sorgen, dass Bud Newby den Auftrag erhält für einen Pavillon erhält und für Tische und Bänke.«

Als ich ins Bett ging, steckten sie tief in ihren Planungen.

Als wir die Bezirks- und Regionalspiele hinter uns hatten, war ich eine der Top-Scorerinnen von Iowa, während Sarah bei den Rebounds und Freiwürfen glänzte. Wäre Sarah nicht im Team gewesen, hätte ich noch mehr Körbe erzielt, aber ohne Sarah hätten uns die Körbe unserer Gegnerinnen möglicherweise den Garaus gemacht.

March Madness! The Sweet Sixteens! Nachdem wir die Ligaspiele, die Bezirks- und die Regionalausscheidung ungeschlagen hinter uns gebracht hatten, befanden wir uns jetzt auf dem Weg in die Hauptstadt zum Endausscheidungsturnier um die Basketball-Meisterschaft von Iowa.

Wann immer wir in dieser Woche spielen würden – die ganze Stadt LaMond würde die Arbeit niederlegen. Busse würden gechartert und Autokarawanen würden sich am Lake Ulmer vorbeischieben, alles nur wegen unserer Spiele.

Unser Bus, auf beiden Seiten mit großen Plakaten in Orange und Schwarz mit der Aufschrift LAMONDS TIGERINNEN – DIE NR. 1! beklebt, kroch durch den Stadtverkehr und hielt schließlich vor dem President's Hotel. Bekleidet mit unseren Teamjacken mit dem Tigergesicht auf dem Rücken, eilten wir aus dem Bus.

»Im letzten Sommer haben wir in so einem Ding gewohnt«, sagte Muffie. »Wartet, bis ihr den Swimming Pool und den Whirlpool seht und außerdem haben die einen ganzen Raum voller Videospiele.«

Da ich noch nie in einem Hotel gewohnt hatte und die anderen, ausgenommen Sarah, wahrscheinlich auch nicht, folgte ich ihr und versuchte, mich so cool wie möglich zu verhalten.

»He, schaut euch das an!« Liz stand auf dem Bordstein und starrte auf das Gebäude. »Es hat fünfzehn Stockwerke. Ich hab sie gezählt.«

»Wir sind nicht hier, um Stockwerke zu zählen«, schnarrte die Trainerin. »Nehmt euer Gepäck und bringt es in die Halle, ich sehe nach, welche Zimmer wir haben.«

Die Luft war voller merkwürdiger Gerüche, abgestanden und schwer, nicht sauber und frisch wie zu Hause. Außerdem rauschte ein endloser Strom von Autos vorbei. Hupen plärrten, und Reifen quietschten. Ich hatte ein merkwürdiges Gefühl im Magen, was aber vielleicht nur daran lag, dass ich so lange im Bus gesessen hatte.

Die fünf Stammspielerinnen bewohnten gemeinsam ein großes Zimmer, der Rest des Teams war in Zimmern auf demselben Flur untergebracht.

Während wir auspackten, konnte Liz sich nicht vom Fenster losreißen. »Stellt euch mal vor, wie hoch wir sind. Die Leute da unten sehen ganz schön komisch aus.«

Muffie hatte Kleidung für einen ganzen Monat mitgebracht und sicherte sich den größten Teil der Kleiderbügel.

»Heute Abend müssen wir im Hotel essen«, verkündete sie, »aber morgen nach dem Training machen wir Shopping und können essen, wo wir wollen.«

»Shopping? Wieso Shopping?«, wollte Angie wissen.

»Ich such ein Kleid für den Schulball. Mom hat gesagt, hier gäb's einen tollen Laden.«

»Ich denk nicht an Schulbälle«, sagte Liz und wandte sich endlich vom Fenster ab, »mich beschäftigt vielmehr, was für ein Gefühl das im Auditorium sein wird. Ihr wisst ja, wie das im Fernsehen wirkt – gigantisch.«

Danach sprachen wir nicht mehr viel. Wahrscheinlich ging uns allen dasselbe durch den Kopf: Waren wir so gut, wie LaMond dachte? Und wenn wir gleich unser erstes Spiel verloren?

Obwohl ich mir, seit ich mich erinnern kann, sämtliche Reportagen vom Ausscheidungsturnier im Radio angehört oder die Endspiele im Fernsehen angesehen hatte, war ich überhaupt nicht auf das Gefühl vorbereitet, das mich befiel, als ich das Auditorium betrat. Kein Wunder, dass die Spielerinnen, die meist wie wir aus kleinen Städten kamen, die Halle »die große Scheune« nannten.

Ich hatte Geschichten über das so genannte große Turnierbibbern gehört und hatte jetzt eines allererster Klasse. Hinter dem Korb zu sitzen und zum anderen Ende der Halle hinunterzuschauen war, als versuchte man, die Torpfosten am anderen Ende eines Footballfeldes auszumachen. Alles war fremd, die Spielerinnen waren winzig und die Körbe hoch und völlig außer Reichweite.

Man konnte sicher an meinem Gesicht ablesen, was in mir vorging, was aber nur Sarah auffiel. Vielleicht waren die anderen ja genauso eingeschüchtert wie ich.

»He«, hörte ich ihre Stimme neben meinem Ohr. »Meinst du, Bud Newbys Stimme ist laut genug, um sich hier Gehör zu verschaffen?«

Ich musste lachen. »Seine vielleicht nicht«, flüsterte ich zurück, »aber die von Muffies Mom ganz bestimmt.«

Und auf einmal verschwand das Zittern, ich fing an, mich auf unser erstes Spiel zu freuen.

Die ganze Woche lebte ich wie in einem Traum, in dem alles schneller oder langsamer abläuft, als es sollte, und nichts seine Proportionen behält. In unserem Zimmer in das erste Pizzastück zu beißen, war aufregender als die letzten Sekunden eines Spiels zu sehen, in dem einer unserer größten potentiellen Rivalen ausschied. Ich fragte mich, ob es den anderen auch so ging wie mir – Sarah vielleicht. Ich fragte aber nicht, weil es verrückt geklungen hätte und ich als Mannschaftsführerin außerdem den Eindruck erwecken musste, alles unter Kontrolle zu haben.

In der ersten Runde mussten wir gegen die Hawkettes antreten, ein Team aus der nordwestlichen Ecke unseres Staates. Wir entschieden das Spiel im ersten Viertel für uns und gerieten danach nie mehr in Gefahr. Am nächsten Nachmittag waren irgendwelche Rockettes aus dem Süden von Iowa unsere Gegnerinnen. Sie lagen vorn, bis ihre Starangreiferin und ihre größte Defensivspielerin wegen wiederholten Foulspiels vom Feld gestellt wurden. In den Schlussminuten des letzten Viertels schoben wir uns in Führung und retteten uns schließlich mit einem 3-Punkte-Vorsprung über die Zeit. Damit waren wir im Endspiel und hatten es nur noch mit den Elfen aus Elfton zu tun.

Elfton war noch kleiner als LaMond und seit ich mich erinnern konnte, hatten sie immer an der Endausscheidung um die Iowa-Meisterschaft teilgenommen. Hätte ich mir die Endspielgegnerinnen aussuchen können, ich hätte mich für jedes andere Team entschieden, sogar für eins von den größeren Schulen. Bud Newby meinte immer, dass in Elfton nichts wuchs außer Basketballspielerinnen und Mais.

Wir hatten sie vor einigen Tagen beobachtet, als sie die Zephyrettes, die Vorjahressiegerinnen, vernichtend geschlagen hatten. Nach dem Spiel kauten wir in unserem Hotelzimmer das Desaster noch einmal durch.

»Das sind die größten Elfen, die ich je gesehen habe«, meinte Sarah. »Die Defensivspielerinnen müssen an die einsachtzig groß sein.«

»Und das ohne Schuhe«, stöhnte Liz. »Die sind geklont.«

»Das sind alles Kusinen«, sagte ich. »Habt ihr's gemerkt? Es tauchen immer wieder dieselben Namen auf.«

»Ditka, Dykstra, Dwason«, trällerte Angie. »Und ungefähr jedes zweite Jahr eine Fresson oder Feson.«

»Und die Post-Spielerin«, sagte Muffie, »Dinah Dawson! Sie ist so groß wie du, Marti, und hat ungefähr den doppelten Umfang. Wer die deckt, wird einfach umgerannt, ohne dass ein Foul gepfiffen wird.«

»Ja, und ist euch aufgefallen, dass die Zeitungsreporter immer vom Team aus dem winzigen Elfton schreiben? So als wären sie immer die Underdogs oder so. Das sind aber keine Underdogs, die haben praktisch eine Basketball-Industrie.«

»Und ihre Cheerleaderinnen sind so geschmacklos!« Angie meldete sich zu Wort. »Kein bisschen originell. Die kopieren einfach das, was alle anderen brüllen.«

»Was mir Sorgen macht«, begann Sarah und alle lehnten sich vor, weil keine von uns auf den Gedanken gekommen wäre, dass Sarah sich über etwas Sorgen machen könnte, »ist das kleine Mädchen in dem grünen

Outfit und den Schuhen mit den spitzen, hochgebogenen Zehen.«

»Das Maskottchen«, sagte ich. »Ich wette, die ist drei Jahre alt und die Tochter der Trainerin. Jemand sollte auf sie drauftreten und sie von ihren Leiden befreien.«

»Wenn die nicht aufhören, Popcorn und Süßkram in sie reinzustopfen, schafft sie's sowieso nicht bis zum Kindergarten.« Die Vorstellung schien Liz glücklich zu machen.

»Licht aus, Mädchen!«, sagte die Trainerin, als sie die Zimmertür öffnete. »Bettzeit!«

Ich glaube, wir waren alle froh, dass das Gespräch über die Elfen zu Ende war, aber ich wette, alle haben in der Nacht von ihnen geträumt.

Als wir uns auf dem Feld gegenüberstanden, wurde der Traum zum Alptraum.

Natürlich nicht gleich. Nach den Vorrundenspielen hatten wir uns ganz gut an die Halle angepasst. Wir wussten, dass das Feld drei Meter länger war als alle Felder, auf denen wir bisher gespielt hatten, was aber nach dem ersten Spiel kein großes Problem zu sein schien. Was uns wirklich zu schaffen machte, waren die frei stehenden Körbe.

Bis jetzt hatten in allen Hallen die Körbe an der Wand gehangen. Die Spielbretter waren zwar aus durchsichtigem Kunststoff gewesen, man hatte durch sie aber nichts als die Hallenwand gesehen – keine Bänke, keine schreienden Fans, nur eine kahle Wand.

Hier hingen die Körbe von der Decke und schienen im Raum zu schweben, während hinter den Körben die kreischenden, winkenden Fans saßen, Reihe um Reihe. Für mich war es schon schlimm genug, wenn ich in der Postposition an der Freiwurflinie lauerte, aber wenn die Defensivspielerinnen einen weiten Pass werfen wollten, hatten sie wahrscheinlich das Gefühl, durch das verkehrte Ende eines Fernrohrs zu sehen. Wir konnten nur hoffen, dass die anderen Teams genauso orientierungslos waren wie wir.

Der Alptraum hatte nichts mit den Leuten zu tun, die zusahen: komplette Schulklassen, Mütter, Väter, Tanten, Onkels und ganze Stadtbevölkerungen von Fans, darunter halb nackte Jungen, die Gesichter und Oberkörper in den Farben ihres Teams bemalt hatten. Überall waren Kameras, nicht nur die von den örtlichen Zeitungen, sondern auch Fernsehkameras, bei denen du weißt, dass sie jede Bewegung aufzeichnen und jeden Fehler zeigen.

Der Alptraum begann, als das erste Viertel zur Hälfte vorbei war und der Spielstand 16 zu 8 für die Elfen lautete. Wir wurden von einer Bande Riesenzwerge verschlungen.

Mir war kalt. Eiskalt. Was ich auch versuchte, ich bekam den Ball einfach nicht durch diesen magischen Ring. Muffie, Angie und Liz sorgten dafür, dass wir nicht ganz von der Anzeigetafel verschwanden. Sarah hatte noch keinen einzigen Korbwurf versucht. Wenn unsere Abwehrarbeit nicht halbwegs funktioniert hätte, hätten wir mit zwanzig Punkten hinten liegen können. Es war ein solches Trauerspiel, dass selbst Bud Newby still war.

Als wir unsere erste Auszeit nahmen, verschwendete die Trainerin nicht viele Worte. »Die Abwehr muss den Ball attackieren. Zwingt ihnen eine andere Taktik auf. Sarah, wenn Marti nicht zum Zug kommt, dann bring die anderen ins Spiel, aber wenn du eine Chance siehst, wirf von der Außenlinie. Versucht's nicht mit der Brechstange, aber sorgt dafür, dass sie nachdenklich werden. Und jetzt raus! Ihr habt das ganze Spiel noch vor euch!«

Den Rest des ersten Viertels schufteten wir, kein schöner Anblick, aber am Ende lagen wir nur noch mit vier Punkten hinten. Ich versuchte herauszubekommen, was bei uns eigentlich falsch lief. Die Elfen waren zwar gut, aber so gut auch wieder nicht. Irgendwas stimmte bei uns nicht. Es war einfacher, »bei uns« zu denken als »bei mir«.

Nach dem zweiten Viertel sah es nicht besser aus. Wir

hatten einen Rebound erwischt, aber die Elfen hatten uns den Ball auf dem Weg zum gegnerischen Korb wieder abgenommen. Angie leistete sich zwei Ballverluste und ich handelte mir wegen Rempelns ein Foul ein. Die Elfen ließen sich keinen Freiwurf entgehen und Muffie verpatzte zwei einfache Korbleger. Dass wir zur Halbzeit nur sechs Punkte hinten lagen, war reines Glück.

In der Halbzeitpause saßen wir mit hängenden Köpfen dicht nebeneinander im Umkleideraum. Ich starrte auf den Boden und dachte daran, wie beeindruckt ich gewesen war, dass es hier Teppiche gab statt nackter Betonböden. Im Augenblick wäre zerbrochenes Glas angemessener gewesen.

Wir rechneten alle damit, dass uns die Trainerin Stück für Stück auseinander nehmen würde, dass sie wütend herumstapfen und uns anschreien und uns auf diese Weise, durch puren Krach, wieder zu einem Team machen würde. Sie hatte fast alles versucht, hatte uns bei Auszeiten neue Anweisungen gegeben und viel öfter als jemals sonst in der Saison ausgewechselt.

Doch sie sah uns nur an, als wäre sie zur falschen Zeit im falschen Raum gelandet. »Ihr seid mindestens doppelt so gut wie sie«, sagte sie sehr leise. »Denkt mal drüber nach.« Dann ging sie.

Wir saßen da, schwitzend und schweigend, als sich die Tür hinter ihr schloss. Dann schauten alle mich an und warteten. Ich wusste, dass ich etwas sagen musste, irgendetwas, schließlich war ich die Mannschaftsführerin.

Stattdessen war es Sarah, die sprach: »Sie hat Recht. Wir *sind* besser und können das Spiel mit links gewinnen.« Es klang nicht, als wollte sie uns Mut machen, sondern eher so, als würde sie mit sich selbst sprechen, und wir hörten alle angestrengt zu. »Wir spielen nicht zusammen, wir spielen jede für sich. Wir agieren nicht, wir reagieren. Wir lassen uns ihre Taktik aufzwingen.«

»Sarah hat Recht«, sagte Liz und rieb sich mit dem Handtuch das Gesicht ab. »Unsere Rebounds sind okay, aber wir lassen die anderen zu einfach werfen. Wir müssen sie vor dem Wurf stoppen. Und wir müssen den Ball zum Korb bringen, statt da zu stehen und Fang-den-Ball zu spielen.«

»Und, wie geht's jetzt weiter?«, wollte Angie wissen. »Ich meine, wie fangen wir an?«

Ich fand endlich meine Stimme wieder. »Wir müssen in der Abwehr konsequenter sein. Fuchtelt ihnen vor den Gesichtern rum, bis sie den Ball ausspucken.« Ich wandte mich zu Sarah. »Du musst mehr von der Seitenlinie werfen.« Ich wartete eine Minute, dann fügte ich laut hinzu: »Und ich muss endlich anfangen, Punkte zu machen.«

»Wir spielen dich nicht oft genug an«, sagte Muffie

zu mir, sah dabei aber Sarah an. »Sie haben dich die ganze erste Halbzeit hindurch in Doppeldeckung genommen. Sie wollen verhindern, dass du die Top-Scorerin des Turnier wirst.«

»Es kommt jetzt nicht auf den Rekord an«, sagte ich und glaubte fast selbst daran. »Was zählt, ist nur der Sieg.«

Gerade als ich das sagte, kam die Trainerin zurück. Sie lehnte sich gegen einen Spind und schaute uns an. Zum ersten Mal seit Beginn des Spiels lächelte sie. »Hört sich an, als hättet ihr tatsächlich nachgedacht. Und nun geht raus und gewinnt!«

Wir dominierten das dritte Viertel nicht nur, wir waren wie ein Wirbelsturm. Alles, woran wir das Jahr über gearbeitet hatten, kam zurück. Wir waren wieder ein Team. Wir schafften einen Zehn-Punkte-Vorsprung und zwangen sie, um jeden Korb zu kämpfen. Sarah demonstrierte die Kunst des Dreipunktewurfs so, dass es die Zuschauer nicht mehr auf den Bänken hielt und die Elfen meine Doppelbewachung aufgaben.

Aus welchen Gründen auch immer – abgesehen von den vielen Trainingsstunden – traf ich wieder den Korb.

Als es schon so aussah, als würde uns auch das letzte Viertel gehören, kamen die Elfen zurück ins Spiel. Zuerst beantworteten sie Korbwurf mit Korbwurf, dann hatten sie, trotz unserer Abwehrbemühungen eine Serie, durch die sie eine Minute vor Spielende einen Punkt Vorsprung erreichten.

Liz und Angie mussten nach jeweils fünf Fouls das Feld verlassen und wurden durch zwei Nachwuchsspielerinnen ersetzt, die sich redlich mühten, aber keinen einzigen Korb erzielten.

Nachdem die Elfen mit einem Punkt in Führung gegangen waren, dribbelte Sarah mit hohem Tempo bis über die Mittellinie, gedeckt von einer Gegenspielerin, die jeden ihrer Schritte eng und synchron mitging, bis sich schließlich Sarahs Beine und die ihrer Gegnerin ineinander verhakten und beide stürzten, während der Ball ins Aus flog. Eigentlich hätte es ein Foul geben müssen, weil Sarah absichtlich zu Fall gebracht worden war, aber es passierte nichts. Wir bekamen lediglich einen Einwurf. Immerhin wurde die Uhr angehalten, und wir waren näher am Korb.

Die Trainerin nahm eine Auszeit und wir drängten uns um sie und versuchten, über dem Lärm von dreißigtausend Zuschauern im Auditorium, ihre Stimme zu hören.

»Sarah, du wirfst den Ball auf Muffie ein. Sie werden denken, dass du auf Marti einwirfst. Marti, du baust dich neben dem Korb auf. Sarah, sobald du den Ball zurückbekommst, täuschst du einen Pass zu einer Angreiferin an und wirfst dann selbst. Marti steht dann so, dass sie einen eventuellen Rebound erwischen kann, und der Ball ist in der Luft, bevor die Schlusssirene ertönt. Und denkt dran, kein Foul!«

Die Auszeit endete und wir waren wieder auf dem Feld. Sarah warf über die ausgestreckten Arme der Elfen einen Bogenpass auf Muffie und rannte ins Feld zurück. Muffie gab ihr den Ball mit einem scharf geworfenen Bodenpass zurück und Sarah täuschte einen Pass auf mich an. Aber es war keine Finte!

Der Ball kam wie ein Baseball, hart und schnell und gerade. Ich nahm ihn in Brusthöhe an, machte eine Drehung und warf – eine Sekunde zu spät! Die Schlusssirene ertönte, bevor der Ball meine Hände verlassen hatte.

»Warum?«, fragte ich Sarah, als wir zur Bank zurückstolperten. Ich gab mir keine Mühe, meine Wut zu verbergen. »Warum hast du nicht so gespielt wie ausgemacht?« Ich wusste, dass sie mich trotz des ohrenbetäubenden Siegesjubels am anderen Ende des Feldes gehört hatte. »Wolltest du etwa, dass wir verlieren?«

Sie sah mich eine Weile wortlos an, dann drehte sie sich um und ging in Richtung Umkleideraum.

»Jüdin!«

Ich weiß nicht, wo in mir das Wort gesteckt hatte oder warum ich es wie etwas Schmutziges hatte klingen lassen. Ich glaubte nicht, dass sie mich gehört hatte, aber *ich* hatte mich gehört, und die Hässlichkeit drehte mir den Magen um.

Im Umkleideraum, als wir es alle noch nicht fassen konnten, dass uns das Spiel entglitten war, drang die Stimme der Trainerin durch mein Elend.

»Warum hast du mir nichts davon gesagt?«, schrie sie Sarah fast an.

Wir starrten alle in die Richtung, in die auch die Trainerin sah. Der Daumen an Sarahs rechter Hand, ihrer Wurfhand, stand in einem unnatürlichen Winkel ab und war doppelt so dick wie sonst.

Es war sehr spät. Außer Sarah und mir waren schließlich alle eingeschlafen. In ein paar Stunden würden wir im Bus sitzen und nach LaMond zurückfahren, um uns für die Endspielteilnahme bei der Iowa-Meisterschaft feiern zu lassen.

»Tut's weh?«, flüsterte ich.

Wir standen nebeneinander am Fenster und schauten auf die Straßen der Stadt hinunter, auf denen nur noch vereinzelte Autos zu sehen waren. Im nur wenige Straßen entfernten leeren Auditorium brannten noch immer die Neonlampen.

»Es geht.« Ihre Stimme war so leise wie meine. »Der Arzt hat mir eine Schmerztablette gegeben.« Sie schwieg einen Augenblick. »Was wirklich wehtut, ist unsere Niederlage. Ich hätte mich auswechseln lassen sollen.«

»Dann hätten wir erst recht verloren. So hatten wir wenigstens eine Chance.« Ich presste meine Stirn an die kühle Fensterscheibe.

»Ich hatte die Anweisung zu werfen«, sagte sie, als hätte sie die Worte schon viele, viele Male für sich wiederholt. »Es war alles abgesprochen. Der Spielzug war klar, ich habe ihn verändert und du hast keinen Pass erwartet.«

»Na gut, du hast dich nicht an die Anweisung gehalten. Aber ich hab den Korb gemacht«, erinnerte ich sie, »auch wenn er nicht gezählt hat. Und wir sind beide im Allstar-Team.«

Danach schwiegen wir. Sarah ging ins Bett, aber ich war nicht müde. Ich hörte, wie eine Polizeisirene die Stille der Nacht zerriss.

Wenn ich doch in den letzten Sekunden des Spiels nur schneller reagiert hätte … aber sie hatte ja werfen sollen, nicht ich. Es war nicht mein Fehler. Doch selbst das half nichts.

Ich blieb wach und versuchte dahinter zu kommen, warum ich »Jüdin« gesagt hatte, statt »Miststück« oder »Idiotin« oder »Dumme Nuss« oder einen von hundert anderen Ausdrücken. Ich hatte es automatisch gesagt.

Wo war nur dieser Hass hergekommen?

Am nächsten Tag ließ ich mich in den hinteren Teil des Busses fallen. Das Schild mit der Aufschrift LAMONDS TIGERINNEN – DIE NR. 1! lag verknittert neben mir. Muffie hockte vorn, umgeben von Einkaufstüten. Sarah saß allein auf einem Zweiersitz.

Uns trennten nur wenige Schritte und ein Wort. Ich versuchte verzweifelt, mich aus der Situation herauszuwinden. Wenn sie mich nicht gehört hatte, würde ich das Wort wiederholen und alles erklären müssen, und ich hatte keine Erklärung. Wenn sie es aber doch gehört hatte ... aber sie konnte es nicht gehört haben, sonst hätte sie doch letzte Nacht im Hotel etwas gesagt.

Ich gab es auf. Wie man es auch nahm, ich war schlimmer als die beiden, die ihr das Hakenkreuz auf die Windschutzscheibe geschmiert und gegen Helen Irvine gestimmt hatten. Ich hatte das, was sie dachten, in mich hineinkriechen lassen.

Es war eine lange Rückfahrt nach LaMond.

An der großen Kreuzung außerhalb der Stadt tauchte der Sheriff mit Blaulicht auf und eskortierte uns nach Hause. Hinter unserem Bus folgte eine lange Wagenkarawane, die uns mit Hupen zur Highschool begleitete.

Als der Bus mit einem Ruck zum Stehen kam, stand ich auf und ging langsam den Gang hinunter. Vielleicht gab es ja doch einen Neuanfang.

Ich blieb neben Sarah stehen, die keine Anstalten machte, sich unter die jubelnde Menge draußen zu mischen. Ich berührte ihre Schulter und holte tief Luft, dann lehnte ich mich über sie und flüsterte ihr das einzige jüdische Wort ins Ohr, das ich kannte. »Schalom. Deine Mutter hat gesagt, es bedeutet ›Frieden‹.«

Sarah sah zu mir hoch. »Hatten wir Krach?«

Ich atmete erleichtert auf. Sarah hatte nicht gehört, was ich ihr am Ende des Spiels zugeschrien hatte!

Oder doch?

Hadley Irwin
Liebste Abby!
Erzählung
Aus dem Amerikanischen von Fred Schmitz
Gulliver Taschenbuch (78713), 160 Seiten *ab 14*
Auswahlliste zum Deutschen Jugendliteraturpreis

»Mit dreizehn Jahren verliebte ich mich zum ersten Mal. Ich saß auf einer Schaukel im Edgewater Park, ließ meine Turnschuhe durch den Sand schleifen und zerbrach mir den Kopf, wie ich es meiner Mutter beibringen sollte, dass mein ganzes Leben ruiniert war, wenn ich nicht in der Junioren-Football-Mannschaft mitspielen durfte. Genau da verliebte ich mich!« So fängt die Geschichte von Chip und Abby an. Abby ist anders als die anderen Mädchen, findet Chip. Deshalb hat er sich auch in sie verliebt. Dass ein schreckliches Geheimnis hinter ihrem Anderssein steckt und dass Abby dringend Hilfe braucht, erfährt er erst viel später. Ein heikles, hochaktuelles Thema und gleichzeitig eine wunderschöne Liebesgeschichte.

»Ein Buch vom Schrecken und von der Liebe – und von der Nähe beider zueinander. Die Geschichte ist so spannend und lebendig erzählt, dass es schwer ist, sie aus der Hand zu legen, bevor sie ganz und gar ausgelesen ist.«
Petra Oelker, Hamburger Rundschau

Beltz & Gelberg
Beltz Verlag, Postfach 100154, 69441 Weinheim